도시의 달

이현재 수필집

도시의 달

도심 속에서 보는 달빛은 마을을 비추는 은은함도, 창을 넘어 밀려오는 광채도 찾을 수가 없다. 퇴근길, 할 일이 없는지 집 앞까지 따라온 초승달이 뒷산 능선 위에서 초로의 사내를 내려다보고 있다. 은은한 빛을 발하면서 변한 것은 달빛이 아니라 흐르는 세월이라고 입 꼬리를 치켜세우며 내게 말해주는 것만 같다.

bookin

또 다른 나의 모습과 행복을 지키기 위한 '울타리'

중학교 2학년인 늦둥이 막내아들은 생일이 빨라서 다른 아이들보다 한 살 일찍 초등학교에 들어갔다. 처음 학교에 갔다온 날, 친구들은 없고 형들만 있다며 학교에 가기 싫다고 한바탕 난리를 쳤다. 그 후로도 웃어야 할지 울어야 할지 모를 일들이 많았다. 그때마다 일기처럼 아이의 이야기를 쓰기 시작했다. 일기가 쌓여감에 따라 아들에게 추억이 될 만한 선물을 해주고 싶었다. 그 글로 훗날 나이 많은 아비의 미안함을 대신하고자 했던 것이다.

요즘 많은 수필이 작가 이름만 다를 뿐 그 글이 그 글이라는 말을 들을 때마다 나를 두고 하는 말 같아서 뜨끔하다. 지금까지의 내 글은 깊이가 없고 생각이 짧은, 그야말로 내 고유의 색깔이 없는 글이다. 마치 오래된 항아리를 보고 어떤 세월을 견디어 왔는지, 그 안에 어떤 것들을 품고 있었는지 궁금해 하지 않고 그저 햇수와 때깔에 감탄만 하고 마는 것과 같다.

그런 글을 책으로 묶는다는 것이 부끄럽다. 갈수록 짧고 얕은 지식에 자괴감이 든다. 폭넓은 독서의 필요성을 절실하게 느낀다. 그럼에도 욕심 하나가 등을 밀어 이 일을 진행할 수밖에 없었다. 제대로 된 수필 한 편을 꼭 써보고 싶은 게 그것이다. 이 책이 그 디딤돌이 되기를 간절히 바란다.

한 동안 가족 중에 누구도 내가 글을 쓴다는 것을 몰랐다. 우연히 작은딸이 알게 되었고 그 후로 글을 쓸 때마다 기꺼이 첫 번째 독자가 되어 주었다. 수필은 글쓴이의 사생활까지 적나라하게 드러나는 글이라며 아내는 달가워하지 않는다. 하지만 나는 다르다. 글을 쓰면서 아물지 않은 과거의 상처가 치유되었고 시간이 약이라는 말을 실감하기도 했다. 어느 때는 내일의 멋진 내 모습을 그려 보이기도 한다. 아내가 이 수필집을 읽고 나면 또 다른 나의 모습을 보게 될 것이고 가족의 행복을 지키는 '울타리'가 되기 위한 나의 노력 또한 알게 될 것이다.

글쓰기에 도움을 주신 분이 많다.

수필 입문 길잡이가 되어주신 최호택 선생님과 수필 공부를 함께 하고 있는 양주골문학회 식구들, 늘 칭찬으로 '오리 어멍'을 자처해 준 한복용 수필가, 논두렁 안의 물처럼 심어놓은 모를 감싸 안아주신 이혜연 선생님, 졸작을 읽고 기꺼이 태산이 되어주신 맹난자 선생님께 깊은 감사의 인사를 올린다.

마지막으로 정신적 동반자인 이상윤 시인과 책이 나오기까지 산고를 함께 한 북인 대표께도 깊은 감사의 말씀을 전한다.

2015년 1월 새해를 열며

이현재

Contents

Part 4 아들의 안경

Part 5 군대 갔다 온 남자

Part 1

도시의 달

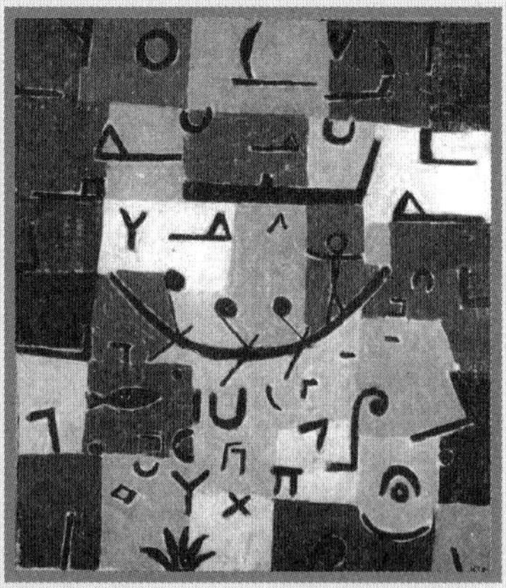

도심 속에서 보는 달빛은 마을을 비추는 은은함도, 창을 넘어 밀려오는 광채도 찾을 수가 없다. 퇴근길, 할 일이 없는지 집 앞까지 따라온 초승달이 뒷산 능선 위에서 초로의 사내를 내려다보고 있다. 은은한 빛을 발하면서 변한 것은 달빛이 아니라 흐르는 세월이라고 입 꼬리를 치켜세우며 내게 말해주는 것만 같다.

남매지池

살던 마을이 수몰될 것이라는 소문이 돌자 우리 집은 이사를 하였다. 이사 온 집은 경산에 있는 작은 마을로 저수지와 맞닿아 있었다. 마당에는 지붕을 덮고도 남을 만큼 큰 감나무 세 그루가 서 있었다. 감나무는 나의 놀이터였다.

그곳에 올라가 저수지 건너편을 바라보면 멀리 도시락공장이 보였다. 굵은 나뭇가지를 서너 개 더 올라서면 도시락공장 뒤로 멀리서도 한눈에 들어올 만큼 커다란 버드나무가 우뚝 서 있는 것이 보였다. 그 뒤로는 몇 그루의 나무가 서 있을 뿐 대부분이 공터인 너른 들판이었다. 그곳은 토끼풀이 많을 것만 같았다.

연일 지루하게 비가 내렸다. 잠시 비가 멈춘 틈을 타 감나무 가지 위에 올라가 저수지 건너를 바라다보았다. 토끼풀이 많을 것 같은 들판으로 커다란 먹구름을 뚫고 원통형 기둥처럼 햇살이 쏟아졌다. 나는 네 살 어린 초등학교 1학년짜리 여동생에게 토끼풀을 뜯으러 가자고 꼬드겼다. 동생은 팔랑거리고 뛰어나와 내 손을 잡았다. 할아버지는 토끼장을 만들어 서너 마리의 토끼를 키웠다. 토끼는 새끼를 낳아 마릿수를 늘렸고 어른이 된 토끼는 시장에 내다 팔았다. 토끼풀 뜯는 일은 우리들의 몫이 되었다.

자루 하나와, 혹시라도 비가 다시 내릴지도 모를 것에 대비하여 파란 비닐우산 하나를 챙겼다. 동생은 나를 앞질러 달려가다가 다시 뒤돌아 뛰어왔다. 길가에 피어난 꽃을 꺾어오기도 했다. 어린 동생을 데리고 공장 앞까지 가는 것은 쉽지 않은 일이었다. 더군다나 공장을 지나서 저수지 길을 따라 버드나무가 있는 곳까지는 한참을 더 걸어가야 했다. 감나무 위에서 바라본 것과는 그 거리가 천지 차이였다. 동생은 다리가 아프다며 칭얼댔다. 뒤돌아갈까 망설였다. 마을에서 멀어질수록 뭔지 모를 공포감도 밀려왔다. 칭얼대던 동생이 언제 나타났는지 모르는 아이들을 따라 저만치 앞서가고 있었다.

저수지 가장자리를 따라 이어진 오솔길은 한 사람이 겨우 지날 수 있는 좁은 길이었다. 동생은 길을 걷게 하고 나는 풀을 헤치면서 나란히 손을 꼭 잡고 걸었다. 발목에 닿는 풀을 발로 걷어차며 걷는 것이 재미났다. 내 발길질에 풀이 뚝뚝 끊기는 느낌이 좋았다. 인기

척에 급히 물속으로 뛰어드는 개구리에 놀라, 동생은 손을 움찔하다가도 개구리가 사라지면 까르르 웃었다. 눈 깜짝할 사이에 나타났다가 사라지는 도마뱀, 발밑까지 오다 부서지는 저수지의 잔잔한 물결, 비릿한 물 냄새. 동생은 꽃을 꺾고 나는 그런 동생을 보면서 걸었다.

벌판에 도착하니 짐작했던 대로 토끼풀이 지천이었다. 동생과 마주 앉아서 토끼풀을 뜯었다. 물기가 남아 있는 토끼풀은 작은 힘만 주어도 뚝뚝 잘 끊겼다. 가지고 온 자루가 잠깐 사이에 꽤 많이 차올랐다. 동생은 꽃목걸이를 만들겠다며 토끼풀 꽃을 골라 치마 앞자락에 모았다. 얼추 자루를 채워갈 무렵이었다. 갑자기 주위가 어두워지는가 싶더니 빗방울이 얼굴을 때리기 시작했다. 자루 주둥이를 묶어 어깨에 멜 사이도 없이 순식간에 소나기로 뒤바뀐 비는 곧 장대처럼 쏟아졌다.

비닐우산을 펼쳤다. 한쪽 어깨에 토끼풀 자루를 메고 동생 손을 잡고는 버드나무가 있는 곳으로 달려갔다. 나무 아래 우산을 받치고 나란히 웅크려 앉았다. 하지만 버드나무 아래는 비를 피하기에 적당한 장소가 못 되었다. 비바람이 몰아칠 때마다 우리가 쓰고 있는 비닐우산을 버드나무 줄기가 사정없이 내리쳤다. 시간이 갈수록 천둥번개는 요란해졌고 쏟아지는 빗줄기는 비닐우산을 뚫을 기세였다. 저수지와 연결된 길 옆의 작은 골은 불어난 물로 큰 골이 되었고 그마저도 금세 저수지 물과 합쳐졌다. 몰려온 물은 쪼그리고 앉아 있는 우리의 엉덩이를 적셨다. 이곳으로 올 때 보았던 아이들의 모습이 보이지 않았다. 저수지의 물이 불어나 우리가 돌아가야 할 길이 잠길지도 모른다는 생각이 들었다. 나는 추위에 떨고 있는 동생의 손을 잡고 일어섰다. 그때 몰아친 비바람이 비닐우산을 벗겨갔다. 우산은 대나무 자루만 남게 되었다. 비닐우산도 더 이상 비를 피할 수 있는 도구가 되지 못했다. 약속이라도 한 듯 우리는 우산대 끝을 맞잡고 집이 있는 방향으로 바삐 걸었다.

저수지 가장자리와 근접해 있는 오솔길은 어느 새 물에 잠겨 있었다. 그곳이 길이구나 어렴풋이 짐작이 갈 뿐 길도 무엇도 아닌 채 물속에서 출렁거렸다. 길을 찾아 언덕으로 향했다. 언덕으로 오르려면 산딸기 넝쿨을 헤치고 우리 키를 훌쩍 넘는 수풀을 지나야 했다. 하지만 달리 방법이 없었다. 넝쿨가시와 날카롭게 날을 세운 풀잎이 우리가 지나갈 때마다 팔다리에 생채기를 냈다. 하지만 두려움에 아픔조차 느끼지 못했다.

공장이 보이는 언덕에 이를 즈음, 등 뒤에서 하늘을 찢을 듯한 굉음이 들렸다. 놀란 동생과 나는 있는 힘을 다해 뛰었다. 우산대를 놓치면 동생을 잃어버릴 수도 있다는 생각에 우산대를 잡은 왼손을 꽉 움켜쥐었다. 토끼풀 자루는 내 손을 떠난 지 오래 되었다. 귀에서 부웅~ 하는 소리가 끊임없이 들렸다. 눈앞도 흐릿했다. 공장 앞 큰길에 도착해서야 동생이 신발 한 짝을 잃어버렸다는 것을 알았다. 하지만 어디서 잃어버렸는지도 모를 신발을 찾으러 되돌아갈 엄두는 나지 않았다. 울고 있는 동생을 달랬다. 남은 고무신 한 짝을 허리춤에 끼고 동생을 업고 집 쪽으로 걸었다.

멀리 우산도 없이 장대비를 맞으며 허겁지겁 다가오는 낯익은 형체가 보였다. 아버지였다. 참았던 눈물이 한꺼번에 쏟아졌다. 동생도 서럽게 울었다. 아버지는 내 이름을 부르면서 뭐라고 말씀을 하는 것 같았지만 나는 아버지의 목소리가 들리지 않았다. 손가락으로 귀를 후벼도 보고 손바닥으로 톡톡 쳐봐도 여전히 붕~ 하는 소리만 들릴 뿐이었다. 아버지는 아무 말씀도 하지 않고 맨발이 된 동생을 가슴에 안은 후 나를 앞세웠다.

집 마당에 들어섰을 때, 우물가에 비를 흠뻑 맞은 토끼가 추위에 떨고 있었다. 떨고 있는 토끼만큼이나 우리 몸과 마음도 젖었다. 그날은 할아버지에게 아버지가 처음으로 반기를 든 날이었다. 동생과 나는 여러 날 심한 감기를 앓았다. 그리고 며칠 후 토끼장은 비었다. 이제는 우리가 토끼풀을 뜯으러 갈 일도 없어졌다. 쪼그리고 앉아서 비를 피했던 버드나무는 벼락을 맞아, 그루터기처럼 검은 흔적만 남아 있다고 했다.

쏟아지는 비와 함께 벼락 치는 소리가 들리는 날이면 나도 모르게 베란다로 나가 밖을 내다보곤 한다. 그럴 때마다 동생과 함께 우산대를 잡았던 왼손에 힘이 가해진다. 그 저수지 이름이 남매지池였다는 것을 안 것은 오랜 세월이 지난 후였다.

도시의 달

퇴근 시간이 늦어지는 날이면 가끔 아파트 건물 위로 떠오른 둥근 달을 본다. 동화 속의 달을 떠올려 보지만 도시의 달은 메말라 있다. 초저녁에 뜨는 달은 도시 불빛에 묻혀 쉽게 눈에 띄지도 않는다. 어쩌다 가로수를 스치며 따라오는 달빛도 가로등 불빛에 눌려 밤을 거느리는 여왕이라는 말을 무색하게 만든다.

도심을 가로지르는 개울에 비친 달빛은 더욱 초라해 보인다. 감흥을 주던 달빛이 도시가 만들어 놓은 불빛 속에 묻힌다. 개울에는 가로등 불빛이 반사되어 달빛을 대신한다. 건물들이 쏟아내는 현란한 불빛이 달빛을 흐리고 볼품없는 콘크리트 다리까지 무지개색 등불로 화려하게 치장해 달빛을 유린해 버린다. 도시가 만든 불빛 속에 갇혀버린 달빛이 애처로워 보인다. 해가 버젓이 자리를 지키고 있는 대낮에 주책없이 떠 있는 달을 보기도 한다. 새벽까지 밤길을 밝히느라 교대시간을 놓친 것인지, 급히 전할 것이 있어 서둘러 길을 나선 것인지, 제 자리를 찾지 못하고 멀겋게 비추고 있는 달빛을 보면 정신줄을 놓은 어떤 날의 나를 보는 듯하다. 도심 속 달빛은 내 마음속에 간직되어 있는 달빛과는 사뭇 다르다.

유년 시절 나는 밤이면 부엉이가 울어대던 산 밑 작은 마을에 살았다. 싸리대문을 지키고 있는 감나무 밑에서 멀리 신작로를 바라보면 마을을 가로지르는 개울이 보였다. 은색 달빛이 비추던 어느 날, 친척집 잔치에 갔다가 아버지의 손을 잡고 집으로 돌아오는 길이었다. 달빛 속에 펼쳐진 마을은 온통 은빛이었고 개울은 은가루를 뿌려놓은 듯 반짝거렸다.

해가 떨어지면 요강을 준비하는 것이 긴 밤을 맞이하는 일과 중 하나였다. 그날은 무슨 연유에서인지 준비를 하지 못했다. 바짓가랑이를 붙잡고 마루에 내려오니 뜰에는 호야 불보다 밝은 달빛이 비추고 있었다. 헛간에서 볼일을 보고 있으면 엉덩이를 스치는 싸늘한 밤바람이 무서웠다. 하지만 창을 넘어온 달빛은 일을 다 마칠 때까지 묵묵히 나를 지켜주었다. 살아 숨쉬는 듯 달빛은 휘황찬란했다. 그 달빛은 지금도 가슴속에 숨어 있다가 어두운 길을 만나면 고개를 내민다.

더운 여름날, 해가 저물고 나면 아버지를 따라 가끔 개울에서 멱을 감곤 했다. 흐르는 물 위에서 함께 놀아주던 달빛은 멱을 다 감고 돌아올 때면 개울이 끝나는 곳까지 배웅해주었고, 내 그림자를 앞세우고 집 앞까지 오솔길을 훤하게 밝혀주기도 했다.

군 시절 초병을 섰던 긴 시간, 능선에 올라선 초승달은 누이동생 같은 눈빛으로 나를 내려다보며 소쩍새와 풀벌레 소리를 들려주었고 새벽하늘에 떠 있는 그믐달은 으스스한 바람소리와 함께 내려앉은 눈꺼풀을 추켜올려 주곤 했다. 집 생각이 나면 달을 보라고 하던 어머니 모습이 둥근 달 속에 들어 있었다. 달빛은 정적이 감도는 철책선 주위를 환하게 비추어주며 집을 그리워하는 초병의 마음을 달래주었다.

보금자리를 마련한 후, 큰아이를 품은 아내와 맞은 첫 대보름날이었다. 보름달을 가장 먼저 보는 사람이 달을 품을 수 있다는 어른들의 말을 귀동냥한 우리는 동네에서 가장 높은 곳을 찾았다. 몇 안 되는 연립주택 중에 우리가 살고 있는 곳이 가장 높은 곳이었다. 옥상에서 손발이 오그라드는 추위 속에 떠오르는 달을 기다렸다. 얼마 후, 기다리던 보름달이 산봉우리 위로 둥실 떠올랐다. 도도하면서도 숙연해 보였다. 우리는 그 달빛을 소중하게 가슴에 담았다.

요즘은 보름달이 뜬다 해도 관심 밖이다. 기껏해야 TV로나 보는 것이 전부다. 어쩌다 아파트 지붕 끝에 오른 달을 보게 된다. 예전처럼 변함없이 둥근 모습으로 환한 웃음을 지으며 내려다보고 있지만 반기는 마음은 예전만 못하다. 도심 속에서 보는 달빛은 마을을 비추는 은은함도, 창을 넘어 밀려오는 광채도 찾을 수가 없다. 그리움을 달래주던 푸근함도, 숙연한 마음을 들게 하던 도도함도 느낄 수가 없다.

퇴근길, 할 일이 없는지 집 앞까지 따라온 초승달이 뒷산 능선 위에서 초로의 사내를 내려다보고 있다. 은은한 빛을 발하면서 변한 것은 달빛이 아니라 흐르는 세월이라고 입 꼬리를 치켜세우며 내게 말해주는 것만 같다.

시간 여행

아침 출근길, 많은 사람들이 지하철역 방향으로 바쁘게 걸어간다. 역 입구에 몰려든 사람은 순서 없이 지하로 숨어든다. 그들은 다리, 허리, 가슴, 머리 순으로 사라진다. 영화에서 본 장면과 흡사하다.

지구에 핵전쟁이 발생했다. 날아오른 흙먼지로 먹구름이 가득한 하늘처럼 밝은 빛이 사라졌다. 극소수 생존자는 방사능 오염을 피해 지하로 숨어든다. 오랜 지하 생활로 인해 어둠 속에서 활동하는 인간으로 진화된다. 그들은 낮에는 지하에서 수면과 휴식을 취하고 어두운 밤이 되면 지상으로 올라온다. 어둠에 익숙해진 인간은 해가 뜨기 전에 다시 지하로 숨어든다. 일정한 시간이 되면 하던 일을 멈추고 모두 지하철역과 같은 입구로 향하는 것이다. 그 광경은 등교시간에 학생들이 교문을 향하여 모여드는 모습과 흡사하고 출근시간에 지하철역 입구에서 사람들이 사라지는 것과 비슷해 보였다.

우산을 들고 먹구름이 가득한 하늘을 올려다본다. 매스컴에서는 개성공업지구 정상화를 위한 남북회담이 진전되고 있다고 한다. 이제는 핵전쟁이 일어날 것이라는 염려는 하지 않아도 되는 것인가. 만약에 핵전쟁이 일어난다면 나는 생존자 중 한 사람이 될 수 있을까, 밤눈이 어두운데 어떻게 쥐처럼 어두운 곳에서 살아간단 말인가. 공연한 걱정을 해본다.

전철역으로 향하는 동안 반대편에서 걸어오는 사람이 몇 있다. 그 중 서너 사람은 지점이 조금 다를 뿐 매일 만나는 사람들이다. 가끔 그들을 통해 미래와 현재 그리고 과거의 내 모습을 보곤 한다. 제일 먼저 만나는 사람은 칠순이 넘어 보이는 노인이다. 오른손에 낡은 손가방을 들고 다른 손에는 팔찌 크기의 염주를 들고 있다. 약간은 좌우로 기우뚱거리며 걸어온다. 십자가가 달려 있는 것으로 보아 천주교인의 묵주인 듯했다. 세상 급할 것이 없어 보이는 양반걸음이다. 시선이 마주치면 눈인사라도 할까 생각했지만 그는 항상 일정한 눈높이로 앞만 바라본다. 떡집은 문을 열었나, 전봇대 밑에 검은 쓰레기봉지는 누가 내다 버렸지, 여기저기 두리번거리며 걷는 나와는 달리 노인은 한눈을 팔지 않는다. 노인이 지나가고 나면 내일의 내 모습은 어떤 것일까, 상상하곤 한다. 혹시 힘없이 갈지자로 기우뚱거리며 걷고 있지는 않을까, 추하지 않게 멋진 모습으로 늙어갔으면 싶다.

두 번째로 마주치는 사람은 한 손에 담배 갑과 휴대폰을 포개서 들고 다른 손으로는 담배를 피우며 벌레 씹은 얼굴을 하고 다가온다. 좌우 팔을 약간 벌리고 거들먹거리는 듯한 걸음걸이다. 팔뚝에 그려진 문신은 나의 시선을 다른 곳으로 옮기게 한다. 공사판의 십장 정도 되는지 배낭을 멘 동행자가 함께할 때도 있다. 그럴 때는 나도 모르게 반대편 길로 피하게 된다. 눈앞의 현실을 피하고 싶은 내 모습과도 같다. 외환위기 때부터 구조조정이라는 단어가 생겨나고 등 떠밀리듯이 명예퇴직을 하기 시작했다. 동료들의 잘못을 감싸주던 정이 사라졌다. 남의 불행이 자신의 행복이라는 말도 자연스럽게 오간다. 그 동안 나는 보기 싫을 때는 시선을 옮기고 마주치기 싫으면 반대편 길로 용케 피해왔다. 생존자 중의 한 사람으로 자리를 지키고 있지만 내일을 예측할 수 없는 상황의 연속이란 걸 안다. 자리보존을 하고 있는 지금이 후배들에게 당당한 것이 아니라 구차해 보일 거란 생각을 하기도 한다. 지난 번 그리스에서처럼 인도의 금융시장이 위태롭다며 또 한 번의 경제 쓰나미가 올지도 모른다고들 한다. 듣지 않으려고 귀를 막아보지만 귀는 그 쪽으로 쏠린다.

또 한 사람은 반대편이 아니라 나와 같은 방향으로 걸어가는 젊은 남자다. 가방을 메고 바쁘게 걷는 발걸음이 무척 가벼워 보인다. 처음에는 혼자 가지만 교회 앞에 도착하면 둘이 된다. 가는 길에 상가건물 2층에 교회가 있다. 이른 시각이라 문을 열어 놓은 상가는 없지만 계단을 오르는 교회의 출입문은 언제나 활짝 열려 있다. 새벽기도를 하고 나오는지 그곳 입구에서 여성이 남자를 항상 기다리고 있다. 그녀는 무엇을 간절히 빈 것일까, 오늘을 위해 간절히 빌었던 과거의 내 모습이 떠오른다. 부부로 보이는 젊은 한 쌍의 모습이 아름답다. 그들은 항상 다정스럽게 손을 잡고 걸어간다. 젊은 날, 장터 입구에서 퇴근해 돌아오는 나를 기다리던 아내의 모습이 그려진다. 아내와 함께 손을 잡고 여기저기 기웃거리며 장 구경하던 때가 어제인 양 그립다. 집으로 돌아오는 길, 보라색 꽃이 가득 달린 등나무 밑에 앉아서 아내와 함께 미래를 꿈꾸었던 그날의 내 모습이 떠오른다. 나는 그들의 뒤에서 내 과거를 바라보며 천천히 걸음을 옮긴다.

우리 엄마를 부탁해

어머니를 모시는 둘째 동생한테서 전화가 왔다. 급한 일이 생겨서 그러니 이틀 후에 있을 정기검진 일에 대신 어머니를 모시고 병원에 가줄 것을 요청해 왔다. 동생에게 늘 미안한 마음을 가지고 있는 터라, 웬만한 일은 들어주는 편이다. 그날 역시 그러겠노라고 주저 없이 대답했다.

노인병을 앓고 있는 어머니는 주기적으로 병원을 찾는다. 예약을 해놓고 가기는 하지만 정해진 시간에 두어 곳을 찾아가 검진을 받고 약을 타고, 다음 예약까지 마치면 그날은 다른 일을 할 수가 없다. 어머니를 모시고 병원에 가자면 하루 휴가를 내야 했다. 하지만 회사 일정을 살펴보니 휴가를 내기가 거의 불가능했다. 아내 역시 직장에 다니고 있는 처지인지라 며칠 전에 미리 말하지 않으면 나와 다를 바가 없다. 모르는 것이 약이라고, 알고 나면 공연히 마음만 쓰일 것 같아서 아내에게는 내색조차 하지 않았다.

해결책을 모색하던 중 떠오르는 딱 한 사람이 있었다. 대학에 수시합격 해 늦게 일어나고 늦게 자는, 식구들 중 가장 여유가 많아 보이는 둘째 딸이다. 할머니를 모시고 병원에 다녀오라고 부탁하고 싶었지만 쉽게 말문이 열리지 않았다.

요즘은 결혼을 하면 열에 아홉은 분가하여 산다. 그러다 보니 할아버지, 할머니와 함께 사는 가정이 드물다. 부모가 맞벌이를 하는 경우 손자들이 할아버지, 할머니 손에 자라기는 하지만 아이들이 자라서 스스로 생활할 때쯤이면 대부분 따로 살게 된다. 그쯤 되면 할아버지, 할머니와 만나는 횟수가 급격히 줄어든다. 할머니에 대한 정도 메말라가고 성인이 되면서는 할머니 손에 자랐던 어릴 적 기억은 아득한 옛날이야기가 되고 만다.

맞벌이 부부인 우리를 위해 장모님은 세 아이를 맡아 초등학교에 입학하기 전까지 돌봐 주셨다. 처가에 행사가 있어서 외할머니를 만나게 되면 큰아이는 멋쩍은 듯 인사만 건넬 뿐 별 얘기가 없다. 외할머니로부터 한글과 숫자를 깨우친 막내녀석도 눈인사가 고작이다. 작은딸은 조금 다르다. 소탈한 성격 때문인지 할머니의 손을 잡고 반가워하기도 하고 무슨 할 얘기가 그렇게 많은지 행사가 끝날 때까지 외할머니 곁에 붙어 있다시피 한다. 헤어질 때는 눈물을 글썽거린다.

그런데 친할머니와의 관계는 다르다. 명절 때나 집안에 큰일이 있을 때 만나는 것이 전부다. 작은딸이 고3이어서 공부 핑계로 본가에 얼굴을 비치지 않자 어머니가 얼굴 잊어버리겠다고 말씀하실 정도였다. 그래도 어머니는 두고 보게. 나중에 작은딸이 자네에게 제일 잘할 걸세, 라며 둘째 딸 편을 들었다. 어머니의 손녀 사랑과는 달리 그 아이에게 할머니에 대한 정이 손톱만큼이라도 있을까 궁금했다.

둘째 딸 아이는 재수를 했다. 지금은 대학에 합격하여 여유를 부리고 있지만 작년 이맘때만 해도 낮은 성적으로 수도권에 들어갈 만한 대학이 없었다. 딸아이는 망설임 없이 재수를 하겠다고 했다. 나는 재수를 한다고 성적이 나아지지도 않을 것 같으니 전문대라도 가라고 면박을 줬다. 말은 그렇게 했지만 속내는 달랐다. 정년이 몇 년 남아 있다고는 하나 언제 등 떠밀려 나가게 될지 아무도 모르는 현실 속에서 그나마 능력이 있을 때 하루라도 빨리 아무 대학이나 들어갔으면 했다. 지난 일이지만 작은딸은 나에게 섭섭한 감정을 가지고 있을지도 모른다.

합격을 축하하면서 휴대폰을 신형으로 교체해주기로 했었다. 몇 번 망설이다가 휴대폰을 핑계로 조심스럽게 말을 건네 보았다.

"서연아, 아빠가 회사에 급한 일이 생겨서 그러는데 부탁 하나만 하자."

"뭔데요?"

"바쁜 일이 없다면 모레 할머니 모시고 병원에 좀 다녀와줄 수 있을까?"

휴대폰 때문인지 흔쾌하게 그러겠다고 했다. 순간 속이 시원하게 뚫렸다. 고마웠다. 고맙다는 말을 재차 하자 자신의 할머니 일인데 당연한 거 아니냐며 외려 의아해 했다.

병원에 가는 날, 혹시 늦잠 자느라 예약시간을 놓칠까 봐 출근길에 딸에게 문자 메시지를 보냈다.

"작은딸, 우리 엄마 잘 좀 부탁해."

더불어 병원검진이 끝나면 할머니에게 맛있는 점심을 사드리라는 부탁과 함께 평소 어머니가 좋아하는 음식이며 함께 자주 갔던 음식점 위치를 알려주었다. 딸에게 '우리 엄마'라는 말을 쓰는 것이 어색하고 쑥스러웠다. 하지만 마음은 어느 때보다 편안했다. 왠지 딸에게 기대고 싶은 마음이 들면서 어릴 적 어머니에게 응석을 부렸던 기억이 떠올랐다. 벌써 그 아들이 장성하여 한 가정을 이루었다. 아들에게 기대야만 하는 병약한 어머니의 마음이 이러할까. 내가 벌써 그 지점에 서 있는 것은 아닐까.

점심시간이 끝나갈 무렵 딸아이가 음식을 드시는 어머니 모습을 사진으로 찍어서 보내왔다. 부엌일을 놓기 전에는 동짓날이면 잊지 않고 동치미와 함께 팥죽을 끓여주던 어머니가 사진 속에서 팥죽을 들고 계셨다.

"아빠가 시키는 대로 고기집으로 가려고 했는데 할머니가 이곳으로 가자고 해서 어쩔 수 없었어요."

딸아이는 미안하다고 했지만 사진 속 어머니의 모습은 무척 행복해 보였다. 아이에게 고맙다는 메시지를 보냈다. 잠시 후 답장이 왔다.

"ㅋㅋ 별말씀! 아방(아빠)도 우리 엄마 잘 좀 부탁해."

여행 중에 만난 중년 사내

크루즈여행으로 한라산을 다녀왔다.

저녁나절 인천 연안부두에서 배를 타고 이튿날 선상에서 일출을 보았다. 제주항에 도착한 후, 곧바로 백록담에 올랐다. 3일간의 여행이긴 하나 배에서 2박을 하고 돌아오는 숨 가쁜 일정이었다.

배멀미로 심하게 고생했던 기억 때문에 걱정을 했지만 운동장만 한 배를 보고서야 비로소 마음을 놓을 수 있었다. 선실 창문으로 밖을 내다봐야 배가 움직이고 있다는 것을 알 수 있을 정도로 배는 굼벵이처럼 움직였다. 얼마간의 시간이 흐르자 간간히 보이던 육지의 불빛마저 사라지고 약간의 흔들림과 웅 하는 엔진 소리만이 항해 중임을 알려주고 있었다.

밤이 깊어가자 파도가 거세졌는지 출항 때보다 배가 심하게 흔들렸다. 선상에서 떠들던 무리들이 내일 한라산 등반이 걱정되었는지 모두 선실로 돌아갔다. 잠자리에 들기 위해 안내실 앞을 지날 무렵 여러 대의 폐쇄회로 모니터가 눈에 들어왔다.

갑자기 다른 사람들은 어떤 모습으로 모니터에 잡힐까 궁금했다. 모니터마다 잠자리 준비를 하느라 바삐 움직이고 있는 사람들의 모습이 보였다. 혹시 여러 대의 모니터 중 어딘가에 내 모습도 있을까 하는 궁금증으로 주위를 살핀 후 오른팔을 슬쩍 들어 올려 보았다. 그 중 한 곳 모니터에서 뒷머리가 듬성듬성한 중늙은이가 팔을 들어 답을 하고 있는 모습이 눈에 들어왔다. 이번에는 왼손을 들어보았다. 모니터 속의 대머리 남자가 여전히 손을 들어 답을 하고 있었다. 그 남자를 찾기 위해 주위를 둘러보았으나 아무도 눈에 띄지 않았다. 설마 하는 생각으로 다섯 걸음쯤 뒷걸음질치다 돌아오니 멀어지는 듯하던 그 역시 다시 화면 앞으로 돌아왔다. 그를 올려다보며 고개를 끄덕여보기도 하고 이리저리 머리를 흔들어보기도 했다. 그 낯선 사람이 나라니 놀라웠다. 평소에 내가 하는 일을 내 눈으로 확인한 적도 없었지만 거울을 통해서라도 나를 이처럼 자세히 관찰한 적도 없었다.

가끔은 내 모습이 남들에게 어떻게 비쳐질까 궁금해지기도 하다. 정도의 차이는 있지만 외모며 언행을 보면 나이에 걸맞은 그 사람의 인격을 짐작할 수도 있다. 하지만 첫인상과는 다르게 시간이 지나면서 전혀 다른 모습을 보여주는 사람도 있다. 그것은 그 사람의 내면을 보지 못한 까닭이요, 외모만 보고 섣불리 판단한 때문이다. 외모야 타고난 것이니 달리 어쩔 수가 없다. 굵은 주름살 덕분에 친구들 사이에서도 겉늙은이로 불리고 있는 것을 모르는 바 아니지만 모니터에 잡힌 내 모습은 내가 보아도 너무나 늙어 있었다.

첫인상은 성공할 기회를 주기도 하고 실패를 겪게 하기도 한다. 첫인상을 개인의 경쟁력쯤으로 본다면 지나친 비약일까? 대인관계에서 잘못 인지된 첫인상을 바꾸는 데는 60번 이상을 만나야 한다는 글을 읽은 적이 있는데, 모니터에 비친 내 모습을 보고는 100번을 만나도 잘 될 것 같지가 않았다. 참 못 생긴 놈 하나가 모니터 앞을 서성이고 있었다. 그 놈이 마땅치 않아 모니터를 떠났다. 이번 산행은 유난히 힘이 들고 짜증스러웠다.

산행을 마치고 선상으로 돌아가는 무리들도 지쳐 보였다. 배가 출발하고 시간이 흐르자 흥겨운 음악이 흘러나왔다. 누가 먼저라 할 것 없이 모두 갑판으로 모여 음악에 맞춰 춤을 추기 시작했다. 무리에 섞여 춤을 추고 있는 자신을 발견했다. 하지만 상늙은이로 보일 수도 있겠다고 생각한 순간 그들이 나를 춤판 밖으로 밀어내고 있는 것만 같았다. 더 이상 그들과 어울리기가 싫었다. 슬며시 빠져 나와 뒤쪽 선상으로 가 담배를 꺼내 물었다. 담배연기가 뉘엿뉘엿 넘어가는 태양을 가리며 흩어졌다.

해가 서서히 바다 속으로 숨어들고 있었다. 길게 저녁노을을 펼치며 바다 속으로 가라앉는 태양이 인상적이었다. 갑판 위에서 음악에 맞춰 춤을 추는 것보다는 아무도 없는 뒤쪽 선상이 내게는 적

격이었다. 바다 속으로 가라앉는 해도, 흥겨운 음악도 아쉬움만 더 해줄 뿐이었다. 음악 소리를 뒤로 하고 객실로 돌아오자, 한 쪽 구석에서 가방에 들었던 물건들을 머리맡에 소꿉장난하듯 가지런히 늘어놓은 채 잠든 커플이 눈에 들어왔다. 아름다운 모습이었다. 웃고 있는 아내의 얼굴이 떠올랐다.

함께 오는 건데. 아무래도 이번 여행은 잘못 되었다는 생각이 불현듯 들었다.

집으로 가는 길

사무실에서 버스정류장이 있는 큰길까지 가려면 개울 옆으로 난 길을 한참 걸어야 한다. 버스를 타는 날이면 퇴근길에 그 길을 걷는다. 언젠가 큰 물난리를 겪고 난 후, 개울을 따라 어른 어깨 높이만큼 콘크리트 벽으로 둑을 쌓아 놓았다. 그 길을 걸을 때면 둑 너머 개울이 궁금하여 습관처럼 까치발로 넘어다보곤 한다. 몇 해 전만 해도 물이 흐르지 않는 가장자리에 고추며 상추가 심어져 있는 채마밭들이 즐비했다. 지금은 그 자리에 산책로가 생겼고 밭이 될 만한 곳에는 '경작물 금지'라는 팻말이 세워졌다.

산책로를 따라 개망초 꽃들이 피었다. 양산을 받쳐 든 두 여인이 유모차를 밀며 한가롭게 걸어갔다. 그 길을 따라 걸어서 간다면 집까지 족히 시간 반쯤 걸릴 것이다. 한낮 따가운 햇살에 고개 숙인 개망초 꽃들이 들어설까, 말까 망설이고 있는 내 마음을 읽었는지 간간이 불어오는 바람을 타고 손짓하듯 하늘거렸다.

유혹을 뿌리치지 못하고 들어선 그 길에는 크고 작은 돌을 쓰다듬으며 흐르는 물이 큰 개울을 만나는 곳까지 동행해 주었다. 물길이 만나는 넓은 곳에는 시원하게 하늘로 물줄기를 내뿜는 분수가 늦여름 더위를 식혀주었고 넘쳐난 물은 돌계단을 따라 작은 물보라를 일으키며 흘렀다.

산책로가 생기기 전, 그곳은 숨 쉬는 그 어떤 것도 살 수 없을 것 같이 검은 폐수가 흘렀다. 그 폐수 속에서 어미의 뒤를 새끼들이 위태롭게 줄을 지어 따라가는 청둥오리 가족을 본 기억이 있다. 마음만 먹으면 언제라도 맑은 물이 흐르는 곳으로 날아갈 수 있을 것 같기에 돌멩이라도 던져 떠나게 하고 싶었지만 앙증스럽게 따라가는 새끼오리들 때문에 애처로이 바라보기만 했었다.

청계천을 복원하여 도심 속에 맑은 물을 흐르게 했듯이 이곳 개울에도 지금은 맑은 물이 흐른다. 자연미만은 못해도 개울을 가로질러 징검다리가 놓이고 돌로 제방도 쌓았다. 잔디를 심은 쉼터 뒤로 개울을 따라 계절에 맞추어 유채꽃이 피고 도심에서 찾아보기 힘든 메밀꽃이며 보리도 볼 수 있다. 늦가을엔 바람에 날리는 억새풀이 흐르는 물과 어우러져 깊어가는 가을의 정취를 느끼게 해준다.

햇살이 화사한 날에 개울을 따라 걷다보면 다정하게 짝을 이뤄

물놀이하는 청둥오리를 만나기도 하고 작은 모래섬에서 이름 모를 철새들이 한가롭게 노니는 모습도 본다. 회색 두루미와 황새의 우아한 걸음걸이를 엿볼 때도 있다.

지난 번 내린 비로 물이 불어났는지 물고기를 잡으러 나온 사람들이 부쩍 늘어났다. 마침 개울 건너에 앉아 있던 낚시꾼이 물고기를 잡았는지 활처럼 휘어진 낚싯대를 힘껏 들어 올렸다. 그 모습을 보니 유년 시절 친구들과 함께 낚시 하던 기억이 떠올랐다.

두 해 정도 살았던 마을에 큰 저수지가 있었다. 우리는 읍내에서 온 낚시꾼들이 쓰다 버린 바늘이며 줄을 주어다가 대나무에 묶어 낚싯대로 사용했다. 변변한 찌도 없이 다리 위에서 손으로 전해오는 감각만으로 낚시를 했다. 낚싯밥은 집에서 먹다 남은 밥풀이었다. 물고기도 가난을 싫어하는지 쌀 밥풀을 미끼로 삼은 친구가 서너 마리 잡는 동안 보리 밥풀을 사용한 나는 겨우 한 마리를 잡을까 말까 했다.

한참 실랑이를 벌이던 낚시꾼이 뜻밖에도 팔뚝만 한 잉어를 끌어올렸다. 그리고는 잡은 잉어를 다시 물에 놓아주었다. 구사일생으로 살아난 잉어는 무슨 생각을 했을까, 동화 속에 나오는 잉어처럼 되돌아와 감사인사를 하지 않을까 하는 유치한 상상을 하며 한 동안 그 자리에 붙박여 있었다.

어둠이 밀려오면 둑을 따라 가로등이 불을 밝히며 자신들의 모습을 드러내기 시작한다. 볼품없던 교량도 둥근 아치를 따라 반짝이는 무지개 색깔 조명으로 주위에 아름다움을 더해준다. 크고 작은 돌에 부딪히며 생겨난 잔잔한 물살이 가로등 불빛을 받아 반짝인다. 물 위에 길게 늘어진 불빛이 황금빛으로 장식한 가로수 같다. 개울은 다양한 보석들이 가득한 궁전처럼 화려한 길을 만들어 놓는다.

개울 옆 잔디밭에는 옛날 반딧불을 쫓아다니던 순박한 아이들 대신 강아지와 도시의 아이들이 뛰어놀고 있다. 발끝을 따라다니며 그림자를 만들어주던 달빛 대신 개울 건너 도시의 불빛들이 크고 작은 그림자를 만들어 준다. 그곳에는 유모차를 밀며 함께 걷는 고부, 노모가 탄 휠체어를 밀어드리는 딸 등, 아름다운 모습들이 있다. 정다운 사람과 함께 걸으며 담소도 나누고, 잔디밭에 자리를 깔고 앉아 이웃과 함께 정도 쌓는다. 어설픈 색소폰 소리도 들리고, 도시생활의 시름을 내려놓고 함께 즐기는 웃음소리도 가득하다.

개울을 따라 개망초 꽃이 흐드러지게 핀 그 길은 어릴 적 물장구치며 놀던, 마을 앞개울을 떠오르게 한다. 메마른 도심에 그런 뒷길이 숨어 있다는 것에 새삼 고마움을 느낀다.

타고난 복福

경운기가 겨우 다닐 만한 좁은 길을 걸어 암자를 찾아갔다. 암자라는 말에 큰 바위 밑에 있는 작은 절을 떠올렸지만 막상 도착해 보니 비닐하우스로 만든 임시 거처였다. 그곳에 스님 한 분이 사납게 생긴 개와 함께 기거하고 있었다.

스님은 주위를 살피는 우리 일행에게 겨우 운신할 수 있을 정도의 작은 움막을 만들려고 했는데 신도들이 이렇게 크게 만들었다며 묻지도 않은 말을 했다. 엉성한 비닐 문을 밀치고 안으로 들어서자 가득 쌓인 장작더미가 한쪽 벽을 대신하고 있었고 중앙에 큰 화목

난로가 놓여 있었다. 올 겨울은 유난히 눈도 많이 내리고 추웠다는 우리들의 인사말에 스님은 그 덕분에 맛있는 군고구마를 원 없이 먹었다고 했다.

텃밭에서 수확한 고구마 이야기를 나누다가 요즘 한참 세상을 떠들썩하게 했던 마늘밭에서 나온 돈뭉치 이야기를 꺼냈다. 우리는 과정이야 어떠하든 묻어둔 사람은 참으로 억울할 거라는 말을 했다. 스님은 사람은 태어나면서 가지고 나온 복의 크기가 제각기 다르다며 자신이 가지고 나온 복이 주먹만 하다면 주위에 금은보화가 아무리 많아도 주먹 크기 이상은 담을 수가 없다고 했다.

예전에 상계동 아파트에 살았던 동료가 직장에서 사내교수로 발탁되어 대전으로 전출을 간다며 부산을 떨었다. 그곳에 가면 사택도 주고 무엇보다 빠른 승진이 보장된 자리기에 부럽기도 하고 한편으로는 우쭐거리는 모습에 배도 아팠다.

아파트가 들어서기 시작한 상계동지역은 서울 외곽으로 교통이나 생활편의시설이 낙후되어 인기가 없는 동네였다. 대전으로 간 그는 아파트를 처분한 돈으로 대전의 변두리에 정원이 딸린 넓은 단독주택을 구입했다며 자랑했다. 하지만 떠나고 얼마 지나지 않아 먼저 살았던 아파트 주변에 개발 붐이 일어나 팔아버린 아파트 시세가 두세 배나 올라버렸다.

세월이 흘러 그는 다시 서울로 이사해야 할 사정이 생겼다. 그쯤에 충청도 지역에 행정도시를 만들 거라고 공약을 내건 대선후보가 있었다. 하지만 당시 여론이나 주위 사람들은 그 후보가 당선될 확률이 거의 없을 거라고 예상했다. 그 해 겨울, 그는 구입한 단독주택을 급매물로 헐값에 처분하고 서울로 이사했다. 예전에 살았던 상계동 아파트 시세는 몇 곱절이나 올라 구입은 꿈도 꿀 수 없게 되어버렸다. 어쩔 수 없이 가까운 수도권으로 그것도 겨우 전세를 얻어 이사했다. 그것이 끝이 아니었다. 대선에서 전혀 예상하지 못한 일이 일어났다. 충청도에 행정도시를 만들겠다는 후보가 당선되었고 팔아버린 단독주택의 가격이 상상 밖으로 올랐다.

작은 돈은 근검절약으로 모을 수 있지만 큰돈은 운이 뒤따라야 한다고 흔히들 말한다. 운이라 함은 이미 정해져 있는 것으로 인간의 힘으로는 어쩌질 못한다고 한다. 타고난 운수를 사주팔자라고 한다. 그것 또한 이미 정해져 있는지라 그로부터 도망가지 못한다고도 한다. 태어날 때 지니고 나온 복이 어쩌면 사주팔자요 운수와 상통하는 말일지도 모른다. 그렇다면 그가 가지고 나온 복의 크기는 얼마 만큼이었을까?

다음 달이면 우리가 살고 있는 집의 전세 계약이 만료된다. 햇수로 6년을 살았으니 내 집이나 다름없다는 생각이었다. 얼마 전 집주인은 전세금을 올릴 거라며 계속 살 의향이 있냐고 물어왔다. 전세금이 많이 올랐다는 말을 듣긴 했지만 막상 오천만 원이나 올려달라는 말을 듣는 순간 황당했다. 주위 정황을 살펴봐도 무리한 금액이었다. 너무 많이 올린 액수라 쉽게 세가 빠지지 않을 것이라 생각했다. 세가 나가지 않으면 타협하여 적정한 금액으로 재계약을 할 생각이었다. 그 후로 서너 사람이 집을 보러 왔다. 흔한 붙박이장도 없고 베란다도 트지 않은 집이라 들여다보는 사람마다 시큰둥한 표정이어서 속으로 다행이라 여겼다. 계약 만료일이 한 달 가량 남았을 때 중개사무실에서 연락이 왔다. 집이 나갔으니 며칠 앞당겨 이사할 수 없겠느냐는 것이다. 재계약을 하려던 계획이 수포로 돌아갔다. 오히려 이사 날까지 당겨졌으니 마음의 무게가 더해졌다.

U시로 이사 오려고 방을 얻으러 다닐 때만 해도 전세는 귀했지만 팔려고 내놓은 집은 많았다. 발품을 팔다 지친 아내가 무리를 해서라도 집을 구입하자고 했다. 세를 주고 온 집도 있고, 이곳은 인근 도시에 비해 집값 오름폭이 미미한 곳이라 투자할 가치도 없어 보였다. 잠시 머물다 떠날 생각이 앞선 탓에 이자를 물어가며 구입할 생각이 없었다. 이사를 하고 얼마 지나지 않아 공사 중이던 고속도로가 완료되자 집값이 슬금슬금 오르기 시작했다. 우리가 가지고 나온 복의 크기로는 더 이상 담을 수 없었던 모양이다. 당초 팔려고 내놓았던 살고 있는 집은 물론, 주위에 매물도 자취를 감추어버렸다. 지금은 오를 대로 오른 전세금이 처음 이사 올 때 집값이 되고 말았다. 운동장만한 복을 가지고 태어났다면 어떻게 해서라도 지금 살고 있는 집을 사고 말았을 것이다.

절에서 내려오는 줄곧, 욕심을 버리면 마음도 가벼워진다는 스님의 말씀이 귓전에 맴돌았다.

첫 장사

아침 출근길이다. 경칩이 지났지만 아직도 운전대를 잡은 손끝이 시리다. 며칠 전부터 교차로 신호등 앞에서 자동차회사 이름과 휴대전화 번호가 쓰인 현수막을 들고 지나가는 차량을 향해 인사를 반복하는 사람이 눈에 띄었다. 자동차를 팔기 위한 영업 방법의 하나로 꽃샘추위를 이겨내며 당당하게 자신을 알리고 있었다. 하지만 내 눈에는 젊은이의 모습이 애잔하게 보였다. 자동차 영업을 다시 시작한 동생 때문이기도 하지만 예전에 힘들었던 내 모습도 생각났기 때문이다.

입영 날짜를 받아놓고 서너 달 동안 그 어느 때보다 용돈이 궁했다. 집안형편이 넉넉하지 못해 용돈을 달라는 말은 입 밖으로 꺼낼 수도 없었고 아르바이트 자리도 요즘처럼 흔하지 않았다. 비슷한 처지에 있는 친구와 함께 용돈을 벌어볼 요량으로 길거리에 좌판을 깔고 책을 팔기로 했다. 가진 밑천으로는 새로 나온 책이나 온전한 책을 구입할 수 없었고, 이월상품을 팔 듯 서점에 재고로 쌓여 있는 책을 구입하여 싼 값에 팔았다.

지금은 청계천을 복원하여 그곳이 변해 버렸지만 당시 고가도로 밑에는 청계천로를 따라 책방들이 즐비했다. 새 책은 물론 헌 책도 살 수 있는 곳이라 서점이라 부르기보다는 책방이라 부르는 것이 더 어울리는 곳이다. 그곳에서 여기저기 돌아다니며 내용보다는 표지나 용지 상태가 양호한 책을 구입했다. 발행 일자가 오래된 책이라 정가와 무관하게 종이 값이나 다름없는 가격으로 구입할 수 있었다. 책방 주인은 좁은 책방에 자리만 차지하고 있는 책을 처분해 주는 것만으로도 고마웠던지 그 해 출판된 새 책까지 덤으로 얹어 주었다.

창피한 생각에 동네 근처를 피해 친구가 다녔다는 고등학교와 가까운 노상에 좌판을 깔았다. 요즘은 노점도 전깃불을 이용하거나 이동용 발전기가 아니면 배터리를 이용한 전구로 주위를 밝힌다. 당시 길거리에서 장사를 하는 포장마차나 좌판을 깔아놓은 노점은 대다수 카바이드 불을 사용했다. 우리도 날이 어두워지면 좌판에 책을 깔아놓고 카바이드 불을 켰다. 어둑한 카바이드 불은 색 바랜 표지나 어지간한 흠집을 볼 수 없도록 숨겨 주었다.

좌판을 깐 첫날, 우리는 창피한 마음에 멀찌감치 떨어져서 좌판을 지켜보았다. 첫 손님이 왔는데도 맞이할 생각은 하지 않고 서로 눈치만 살폈다. 도저히 다가설 용기가 나지 않았다. 손님이 책을 골라 들고 주인을 찾는 듯 주위를 두리번거릴 때도 강 건너 불구경하듯 바라보기만 했다. 그렇게 한참 동안 시간을 보냈다. 그러던 중, 저만치 떨어져서 지켜보고 있다는 것을 모른 손님 한 분이 계산도 하지 않은 책을 들고 가는 것을 보게 되었다. 그때서야 우리는 좌판으로 뛰다시피 다가갔다. 팻말처럼 써놓은 가격을 보고 그가 책값을 좌판 위에 놓고 간 것을 모른 우리는 큰소리치며 그를 도둑 취급 했다. 순식간에 구경꾼들이 모여들었고 급기야는 파출소에서 방범대원까지 출동했다. 결국 그날, 책은 한 권도 팔지 못하고 망신만 톡톡히 당했다. 다행히 그 일로 용기가 조금 생겼다. 하지만 다음날에도 여전히 자리를 지키지 못하고 번갈아가며 좌판 주위를 맴돌기만 했다.

며칠이 지났다. 새 것이나 다름없어 보이는 책을 반값 이하로 살 수 있어서인지 며칠은 장사가 곧잘 되는 듯했다. 하루 매상이 그 수준으로 꾸준히 유지된다면 용돈벌이가 아닌 웬만한 월급쟁이의 봉급 정도는 벌 수 있을 것 같았다. 하지만 시일이 흐를수록 찾는 사람도, 책을 구입하는 사람도 줄어들었다. 장사를 오랫동안 할 수 없는 처지라 팔려나간 수량만큼 책을 보충하지 못했다. 남아 있는 책은 그나마 내용이 다양하지 못해서인지 팔리지가 않았다. 카바이드 불 밑에서 싼 값에 새 것이나 다름없는 책을 샀다고 생각한 사람이 막상 다음날 흠집이며 퇴색된 표지를 보고 속았다는 생각을 했을지도 모른다. 비록 발행일이 오래되긴 했어도 새 책을 절반 가격 이하로 파는 곳은 어디에도 없었다. 뒤돌아보면 절반 가격 이하로 팔긴 했어도 이윤이 괜찮은 장사였다.

입대 날짜가 얼마 남지 않은 어느 날, 좌판을 접을 수밖에 없었다. 적지 않은 수량이었지만 남은 책을 서로 나누어 가졌다. 그 책은 군 생활을 마치고 돌아와서는 팔아야 할 책이 아닌 읽어야 할 책으로 바뀌었다. 한 동안 버스를 타고 다니던 출퇴근길에 내 손엔 항상 책이 들려 있었다. 30여 년이 넘게 흐른 지금도 일부 책들은 어머니가 기거하고 있는 본가 책장 속에서 퇴색된 모습으로 자리를 지키고 있다.

밭에도 세상이

들깨밭에 하얀 꽃과 함께 꿀벌들이 한창이다. 무성하게 잘 자란 다른 집의 들깨밭에 비해, 키 높이가 들쑥날쑥 하고 듬성듬성 빈자리가 많다. 만족스럽지는 않지만 처음 해보는 경작이기에 스스로 대견스럽다.

이번에는 빈터에 배추며 무, 갓, 열무, 총각무, 파 등 김장에 쓸 채소류를 심었다. 흙에 퇴비를 섞은 후에 비닐을 씌워 배추모종을 심었고, 무나 갓 등은 파종했다. 혹시라도 싹이 나지 않으며 어쩌나 마음을 졸였다. 모종을 낸 배추는 얼마 전 내린 비로 흙에 묻혀버린 것이 더러 있었으나 파종한 무는 씨앗 수대로, 갓이나 열무도 뿌려 놓은 대로 빈 틈 없이 돋아났다. 싹들이 하루가 다르게 커가는 모습을 보면 신기하기도 하고 내 손을 거쳤다는 것에 뿌듯함을 느끼기도 했다.

갓이나 열무는 성장을 돕기 위해 솎아낼 필요가 없다. 배추도 일정한 간격을 두고 한 포기씩 심었기에 마찬가지다. 하지만 서너 개씩 낱개로 파종한 무는 일정한 크기가 되면 실한 것을 두어 개 남기고 솎아낸 다음 최종적으로 하나만 남겨야 한다.

동물이나 식물이나 생존경쟁을 피할 수 없는 모양이다. 예전에 보았던 해오라기 새끼에 대한 다큐멘터리 영상이 떠올랐다. 인적이 드문 한강 철책선 안에서 해오라기가 알에서 깨어나 어미둥지를 떠날 때까지의 과정을 촬영한 것이다. 네 개 중 제일 먼저 알을 까고 나온 새끼가 어미로부터 먹이를 받아먹을 때까지는 평화로운 일상이었다. 둘째가 나오자 그때부터 경쟁이 시작되었다. 어미의 기척이 들리면 주둥이를 내밀고 서로 먹이를 달라고 소리 질렀다. 그래도 그때는 번갈아가며 받아먹는 듯 보였다. 셋째가 나오면서부터는 먹이경쟁이 더 심해졌고, 넷째가 나왔을 때는 미련한 어미가 골고루 먹이를 주지 않고 주둥이가 가까운 놈에게만 먹이를 주는 듯 보였다. 알을 까고 세상 밖으로 나오는 차이가 그다지 긴 시간이 아닌 듯했지만 마지막으로 나온 막내는 힘센 형들에게 밀려 주둥이 몇 번 내밀어보지 못하고 굶어 죽었다. 셋째도 먼저 받아먹기 시작한 힘센 형들 속에서 먹이경쟁에 계속 밀리더니 결국 쇠약해져 비참하게 형들의 먹이가 되고 말았다. 둘째도 오래 버티지 못하고 제일 먼저 태어난 형에게 밀려 둥지 밖으로 떨어져 죽고 말았다. 끝까지 살아남은 해오라기가 어미 둥지를 떠나며 첫 비행하는 모습으로 다큐멘터리는 끝이 났다. 솎음을 당하는 무도 사람 손에 의해서라는 것이 다를 뿐, 해오라기 새끼들의 생존경쟁과 크게 다르지 않았다.

같은 날, 무 파종을 했지만 흙에 퇴비를 섞은 곳과 그렇지 않은 곳의 차이가 생각보다 컸다. 퇴비를 하고 파종한 곳은 무 잎이 하루가 다르게 자라고 있지만 그렇지 않은 곳은 아직도 떡잎을 붙인 채 옹기종기 붙어 있다. 배추밭 옆에 덤으로 심어놓은 열무도 흘러내린 퇴비 양에 따라 싹의 크기가 달랐다.

언젠가 신문에서 읽었던 사교육을 논한 글이 배추밭의 생태를 보고 쓴 것은 아닌가 할 만큼 비유한 내용이 너무도 흡사했다. 부유층이 많은 강남과 강북 지역의 차이를 밭으로 비유했고 그 중에도 거름을 얼마만큼 하느냐에 따라 농작물의 수확이 다름을 나타낸 내용이었다. 거름이라 함은 선행학습이나 족집게과외 등 양질의 사교육을 말한 것이고, 좋은 토양은 부모의 경제성을 두고 한 말이었다. 예로부터 가난한 집에 태어나 출세한 사람을 두고 '개천에서 용 났다'고 한다. 앞으로는 절대로 개천에서 용이 날 수 없다고 한다. 그만큼 사교육 비중이 높다는 것을 말한 것으로 교육정책 현실을 꼬집는다. 농작물을 경작하면서 방법이나 요령을 터득하기도 하지만 싹을 틔우고 자라면서 일어나는 일들 속에서 가볍게 여겨서는 안 될 가르침을 발견한다.

메마른 밭에 들깨를 심고 빈터에 배추를 모종하고, 열무 씨를 뿌릴 때까지만 해도 수확에 대한 기대감보다 동생들과 함께 무슨 일인가를 한다는 것만으로 충분히 만족스러웠다. 요즘은 퇴직 후의 쉼터를 머릿속에 그리느라 바쁘다. 물이 솟는 곳에 아담한 연못을 만들어 각시붕어를 키우고, 누렇게 익어가는 벼를 내려다 볼 수 있는 곳에 탁자와 편히 앉을 수 있는 의자를 놓고, 들어오는 입구에 개나리며 '형제간의 우애'라는 꽃말을 가진 라일락 나무를 심을까 한다. 노릇하게 여물어 가는 들깨와 배추며 무가 하루가 다르게 커 가는 모습을 상상하다 보면 마음이 넉넉해진다. 고소한 들깨기름을 작은 병으로 하나쯤 챙길 수 있지 않을까 은근히 기대도 해본다.

어설픈 수확

동생들과 함께 마련한 산 밑 밭에서 첫 가을걷이를 마쳤다. 수확한 농작물 중에서 배추와 무 그리고 들깨 기름을 집으로 가져갔다. 내가 가져온 것에 대해 아내가 만족해 한 것은 이번이 처음이다.

그 동안 가져온 농작물들은 대부분 주변사람들의 친인척들이 시골에서 경작한 것들이었다. 부탁을 받으면 단호하게 뿌리치지 못하고 구매를 하곤 했다. 언젠가 농가를 돕는다고 회사에서 제주산 귤을 강매하다시피 한 적이 있다. 마침 선물할 곳이 있다는 아내의 말을 듣고 잘 되었다 싶어 서너 박스를 챙겼다. 운반 시간이 길어서인지 껍질이 윤기가 없고 맛 또한 형편없었다. 그 후로 아내는 무언가를 집으로 가져간다고 하면 쓰레기만 된다며 극구 사양했다. 어쩌다 볼멘소리가 듣기 싫어서 공짜로 주었다고 해도 못마땅해 하기는 마찬가지였다. 아내는 내가 무언가를 가져가는 것 자체를 싫어하는 것 같았다.

이번에도 별로 다르지 않을 거란 생각에 자신이 없었다. 아무래도 그럴 것 같아서 심어 놓은 배추며 무가 속도 차지 않고, 퇴비를 제대로 하지 않아 제대로 크지도 않는다고 미리 엄살을 부려 두었다. 너무 작거나 형편없으면 가져오지 않을 거라고, 씨 뿌리는 날부터 선수를 쳤다. 말이 씨가 된 것인지, 씨 뿌리는 시기를 놓쳐서 무가 자라다 말고 동치미 담을 정도의 크기밖에 되지 못했다. 총각무는 굵기가 겨우 엄지손가락만 해서 아내에게 퇴짜를 맞고 버려질 곳을 찾고 있는 중이다. 갓이나 시금치는 미처 자라지 못해 뽑아 갈 수조차 없었다.

동생들과 나누어 가져갈 만큼 넉넉하게 배추를 심었지만 속이 차지 않은 것이 많아서 그 중 나은 것으로 열 포기만 가져갔다. 다행스럽게도 아내가 준비해온 배추보다 훨씬 크고 속이 꽉 차 있었다. 그때서야 아내는 몇 포기나 심었냐고 물었다. 무도 그럭저럭 통과가 되었다.

아내가 가장 흡족해 한 것은 고소한 들깨기름이었다. 들깨 수확이 끝나면 기름을 박카스병으로 한 병 정도는 가져올 수 있을 거라 했을 때 아내는 적어도 소주병 하나 정도는 되어야지, 하며 조금은 기대를 하는 듯했다. 하지만 계속 엄살을 떨자 박카스병도 힘들겠다며 비아냥거리기까지 했다. 기대하지 않았던 들깨기름을 소주병 두 배도 넘는 페트병으로 가져왔으니 아내 입꼬리가 귀에 걸린 것은 당연했다.

주말농장처럼 생각했지만 막상 시작하고 보니 울타리도 쳐야 하고 농기구도 필요하고, 씨를 뿌리고 거름 주는 일 외에도 신경써야 할 일들이 너무 많았다. 동생들을 불러 모으려 하면 조금씩 꾀가 나는지, 가까운 곳에 있는 사람이 자주 들러야 한다며 나에게 미뤘다. 언젠가는 내게 정년이 얼마나 남았냐고 물었다. 정년이 되면 밭에서 농작물이나 키우며 살라는 뜻이기도 하고, 그러니 이참에 많이 배워 놓으라는 뜻이기도 하다. 모자라는 일손을 채우기 위해 나를 끌어들여 놓고, 마치 나를 위하는 것처럼 말하는 것이다. 웃고 말았지만 씁쓸했다. 아직 최선을 다해야 하는 직장이 있고, 설령 정년퇴직을 한다 해도 전혀 지식이 없는 농사일을 해볼 생각은 없다.

흔히들 퇴직 후 마땅히 할 것이 없으면 시골에 가서 농사나 지을 거라고 쉽게 말한다. 일 년을 채우지 못한 짧은 경험이지만 농사짓는 일은 결코 쉽지 않았다. 씨앗을 뿌리는 시기며, 비료 주기, 풀 뽑기, 적절한 물 관리, 뭐하나 만만하고 쉬운 일이 없었다. 지식과 경험이 필요했다. 심는 것만큼 거두어들이는 일도 쉽지 않았다. 하나에서 열까지 직접 몸을 움직여서 해야 하는 일이라 더욱 힘들었다.

일간신문 경제면 구석에 귀농, 귀촌이란 단어가 눈에 띄었다. '베이비붐 세대 은퇴와 맞물려 올해 귀농, 귀촌 가구 수가 작년의 두 배'라는 문구로 시작된 칼럼이었다. 오이를 심은 사람이나 특수작물을 재배한 사람이나 한결같이 꼼꼼한 준비를 해야 실패 확률을 줄인다고 써놓았다. 나 역시 베이비붐 세대에 속한다. 정년까지 남은 기간이 길다고 큰소리치지만 막상 손가락으로 헤어보면 한 손으로 충분하다.

어설프기는 했지만 일 년여의 체험 덕분인지 요즘은 귀농이라는 단어가 생소하지 않다. 귀농을 한다면 연못의 위치는 어디가 좋을지, 비닐하우스를 만든다면 크기는 어느 정도이며 길이는 어디서 어디까지로 할 것인지, 입구는 어느 방향으로 하는 것이 좋을까 등 많은 생각을 한다. 어느 때는 아담한 전원주택 한 채를 마음으로 지어보기도 하고, 연꽃이 가득한 연못을 바라볼 수 있는 쉼터는 어디가 좋을지 그려보기도 한다. 어쩌면 이런 생각들이 꼼꼼한 준비의 시작인지도 모른다. 벌써 내년의 풍성한 수확을 손꼽아 기다리고 있으니 말이다.

Part 2

아빠는 고향이 어디야?

늦어도 우리 집 막내 녀석이 내가 고향을 등졌던 나이가 되면, 수정 같은 맑은 개울물과 한 폭의 수채화처럼 아름다운 고향은 아니더라도 아비의 고향을 꼭 보여주고 싶다. 뜰 앞에 서 있던 미루나무가 동네에서 키가 제일 큰 나무였는데, 혹시 물 위로 나뭇가지가 솟아올라 손을 내밀고 반겨줄지도 모른다는 희망을 가지고.

어머니의 끈

어느 자식과도 함께 살기 싫다며 홀로 계시는 어머니를 늦둥이 아들과 함께 김장김치를 들고 찾아뵈었다. 안부전화를 드리면 학교에 잘 다니느냐고 언제나 늦둥이 아들 안부를 먼저 묻는 까닭에 데리고 가지 않을 수가 없다. 조상 제사를 모실 장손이라고 다른 손자들보다 막내를 표나게 챙기신다. 다른 손자들이 서운해 할 거라며 만류를 해도 소용이 없다. 하지만 장남인 내가 어머님께 하는 것을 보아온 막내가 훗날 할머니 제사나 제대로 모실까 걱정스럽다.

초인종 소리에 현관문을 열고 반겨주는 어머니 얼굴에는 주름만 늘어 있다. 푹 파인 양쪽 볼은 더욱 깊어져 안쓰럽기만 하다. 거실에는 미처 들여놓지 못해 얼어버린 화초들이 처참하게 늘어져 있고, 소파 밑에는 우리가 오니 급하게 밀어 놓았는지 두 어장의 화투가 담요 밖으로 삐져나와 있다. 너무 오래 살면 안 된다는 말씀을 하면서도 앞으로 살아야 할 날이 걱정이 되는지 치매 예방용 화투치기를 하시는 것 같다.

요즈음은 했던 말을 또 하고, 물어본 것을 금방 되묻곤 하신다. 봄에 막내 입학 선물로 책가방까지 사주셨으면서 재가 올해는 학교에 들어가느냐고 물으신다. 그리고는 낳으니 잠깐이다, 라고 하신다. 늦었지만 아들을 낳아야 한다고, 당신 말을 들어 잘되지 않았느냐며 은근히 자랑이시다.

아버지께서 돌아가신 이듬해에 막내가 초등학교에 입학했다. 하지만 그 사실을 잊은 것을 보면 어머니께서 끔찍하게 생각하는 막내도 아버지와 함께 했던 그날까지만 어머니의 기억 속에 존재하는가 보다. 가끔 밤이 되면 아버지께서 소파에 앉았다 가신다고 뜬금없는 말씀을 하셨다. 시간이 흐르면 잊어버릴 거라 생각했는데, 아버지와 함께했던 시간들이 쉽게 잊히질 않는 모양이다. 맏손자가 살고 있는 집에 며칠간 다니러 왔다가도 하룻밤이 고작이다. 너의 아버지가 집에서 찾는다, 며 온다 간다 말씀도 없이 가버리곤 하신다.

둘째 동생이 이곳을 떠날 때 어머니를 모시겠다며 함께 가시기를 청했다. 그때도 짐이 되기 싫다며 마음에도 없는 모진 말로 동생네를 내치셨다. 형제들은 아버지께서 남기고 간 집을 정리하고 편히 살 수 있는 아파트로 가시기를 어머니께 권했다. 그 이후로 어디를 가셔도 하루를 지긋이 계시지 못하고 집으로 돌아가셨다. 집을 자식들이 어찌할까 염려가 되어 그러시나 오해도 했었다. 집 명의를 어머니 이름으로 바꾼 뒤에도 변함이 없었다. 그토록 이 집에 애착을 가지는 것은 아버지에 대한 끈을 놓지 않으시려는 마음인 것 같다.

잠시 젊은 시절 한때를 농촌에서 보낸 아버지는 취미로 많은 화초들을 키웠다. 내다버릴 정도로 시들어버린 화초들도 아버지 손을 거치면 화사하게 꽃을 피웠다. 아버지께서는 자식들이 성장하여 짝을 찾아 떠날 때마다 그 빈자리를 꽃으로 치장하는 듯했다. 어머니를 찾아뵐 때면 계단 난간에 놓인 크고 작은 화초들이 아버지를 대신해 화사한 웃음으로 반겨주었다.

아버지의 손길을 잃은 지 오래된 바깥 계단 구석에는 색 바랜 광고지와 낙엽이 뒹굴고 있다. 주인 잃은 빈방 역시 먼지가 쌓여 지난 세월을 대신하고 있고, 여기저기 걸려 있는 시계는 바늘을 묶어 놓았는지 흐르는 세월을 붙들어 놓은 채 화초들이 화려하게 꽃을 피웠던 지난 날을 아쉬워하고 있다.

옥상에도 아버지 손길을 잃어버린 철쭉나무가 겨울채비를 하지 못하고 전전긍긍하고 있다. 텃밭을 대신했던 작은 화단에는 바싹 마른 고추가 앙상한 가지에 안쓰럽게 매달려 있다. 큰 고무함지에 심어놓은 대추나무 역시 겨울바람에 잎을 떨어뜨린 채 앙상한 모습으로 곧 닥쳐올 매서운 추위를 걱정하고 있다.

몇 해 전만 해도 대추나무에 열린 열매 중 실한 놈들을 골라 한가위 차례 상에 올리곤 했다. 그럴 때마다 어머니는 대추씨알이 굵은 것을 자랑스럽게 여기며 자식들이 잘 될 징조라고 말씀하시고는 했다. 애지중지 보살펴주던 아버지께서 편안히 영면에 드셨듯이 대추나무도 이제 편히 자랄 수 있는 넓은 곳으로 옮겨 자리를 잡아주어야 할 것 같다.

어머니는 당신 손으로 끓여 먹고 살 수 있으면, 혼자 사는 것이 마음 편하다는 말씀을 요즘 들어 자주 하신다. 어머니께서 바라는 효도는 자식들이 손자들 잘 키우고 별 탈 없이 살아주는 것이 전부란다. 큰 자식은 이래서 싫고, 작은 자식은 저래서 싫다며 자식들의 마음을 대변해주듯 말씀하신다. 배 아파 힘들게 낳아 기른 자식들은 생활비 조금 보태는 것만으로 도리를 다했다고 착각하며 어머니의 그 말씀을 진실인 양 치부해버린다.

빈 집에 홀로 계실 어머니의 마음을 한 번쯤 헤아려 보았는지, 정녕 어머니를 위한 효도를 실천해볼 마음이 있기는 한지, 내 자신에게 자꾸만 되묻는다.

겨울 여행

한겨울 뒷산을 오를 때면 등산로 대신 일부러 얼어붙은 개울을 따라 걷고는 한다. 발걸음을 옮길 때마다 얼음 부서지는 소리가 나면 홀로 나섰던 겨울 여행이 생각나기 때문이다.

중학교 겨울방학 때 달랑 주소만 들고 혼자서 외가를 찾아갔다. 홀로 떠나는 여행이었으므로 기대만큼이나 두려움도 컸다. 안동 토계면이라는 외가에 가려면 기차를 타야 했고, 버스로 갈아타고도 두어 시간은 더 가야 했다.

어머니는 마을에서 멀리 떨어진 외딴 집이긴 해도 버스에서 내리면 바로 보이는 외길을 따라가면 되니까 쉽게 찾을 수 있을 거라 했다. 막상 버스에서 내리고 보니 주위는 온통 산으로 둘러싸여 있었다. 먼지가 잔뜩 쌓인 나무그루터기가 정류장 표시를 대신할 뿐, 주위에 길을 물어볼 만한 곳도 오가는 행인도 보이지 않았다. 움직이는 거라곤 버스 꽁무니를 좇아가는 먼지뿐이었다. 버스는 산모퉁이를 돌아 사라져버렸다. 조급한 마음에 구불구불한 길 대신 산 밑의 개울을 따라 걷기 시작했다. 발걸음을 옮길 때마다 얼음조각 부서지는 소리가 바삭거리며 따라왔고 놀란 송사리 떼가 얼음 밑으로 쏜살같이 숨어들었다.

산 중턱에 있는 외가를 어렵사리 찾았다. 커다란 밤나무가 먼저 보였다. 금방이라도 쓰러질 것 같은 집 한 채와 외양간은 초라하기 그지없었다. 흔한 싸리 울타리조차 보이지 않았다. 사방으로 둘러선 검푸른 산이 울타리요, 개울에 놓인 징검다리가 대문을 대신했다. 사랑채 문을 열고 내다보면 산 아래 눈 덮인 계곡이 훤하게 내려다보였고 개울 웅덩이를 지키고 있는 큰 바위 옆으로 가끔 버스가 꾸물거리며 지나갔다. 앞마당에는 오는 손님도 없는데 마당에서는 오리와 닭들이 종일 보초를 서듯 교대로 오갔고, 양지바른 곳의 벌통 뒤로 볏단을 잔뜩 쌓아놓은 자리에는 강아지가 웅크리고 앉아 먹이를 찾아 날아온 참새들을 향해 텃세를 부리듯 짖어댔다.

외사촌들과 능선에서 불어오는 칼바람을 맞으며 토끼 올가미를 찾으러 눈이 쌓여 있는 가파른 뒷산을 넘어갔다. 그 길에서 외사촌이 여우골 이야기를 들려주었다. 따라가느라 숨을 헐떡이며 들었던 이야기는 '여우 골에서 생긴 일'로 각색되어 내 아이들에게 〈전설의 고향〉으로 전해졌다.

그날 저녁에 난생 처음 토끼 고기를 먹게 되었다. 살코기는 외삼촌이 다 먹었는지 뼈를 골라내고 나니 먹을 것은 무밖에 없었다. 원래 먹을 것 없는 것이 토끼 고기라는 것을 그때는 몰랐다.

다음날 외사촌들과 징검다리가 있는 앞개울로 송사리를 잡으러 갔다. 젖은 옷이 매서운 바람에 뻣뻣하게 얼어 움직일 때마다 얼음 조각이 떨어졌다. 수선만 떨었지 그렇게 잡은 송사리는 열 마리도 되지 못했다. 몇 마리 안 되는 송사리를 오리에게 던져주었다. 펄떡거리는 송사리를 본 오리는 기겁을 하고는 꽥꽥거리며 도망쳤고 대신 얄미운 닭들이 쏜살같이 달려들어 포식했다.

어머니가 만든 송편은 아이들 주먹만 했다. 외숙모도 그만한 크기로 송편을 빚었다. 성의 없이 대충 만든 것처럼 볼품도 없던 송편은 멀리서 찾아온 조카를 위해 쌀이 귀한 산골의 외숙모가 해줄 수 있는 가장 귀한 음식이었음을 나중에야 알았다.

집으로 돌아오던 날, 매서운 새벽 추위를 이기려고 볏단을 태우며 버스를 기다려 주던 외숙모가 얼마 전 세상을 떠났다. 버스가 보이지 않을 때까지 뿌연 흙먼지 속에서 손을 흔들어주던 외숙모 모습이 눈에 선하다. 지금은 외사촌 모두 근방의 도시로 생활 터전을 옮겼다. 외가가 있던 자리에는 밤나무와 개울을 지키는 큰 바위만이 계곡에서 불어오는 바람을 맞으며 여우골 이야기로 밤을 지새우고 있을 것이다.

아빠는 고향이 어디야?

고향이 산업화에 휩쓸리고 오염에 찌들어 버렸다고 투덜거리는 사람들이 있다. 언제든 마음만 먹으면 가 볼 수 있는 고향을 둔 사람들의 복에 겨운 투정이다. 내 고향은 하필이면 찾아가도 볼 수조차 없는 곳일까?

흐르는 물이 맑아 바닥에 깔려 있는 조약돌이 훤히 들여다보이고, 그 개울을 가로질러 징검다리가 놓여 있는 그림 같은 고향이 아직도 내 가슴속에 있다. 그곳에서는 내가 다니던 초등학교가 제일 컸다. 송판을 겹쳐 벽에 붙인 다음 검게 콜타르를 칠한 일본식 건물이었다.

숨이 차오르게 뛰어도 끝이 없던 운동장에서 입학하기 전부터 뛰어놀곤 했다. 가끔 학교에서는 운동장 귀퉁이에 커다란 가마솥을 걸어놓고 옥수수죽을 끓여 형, 누나들에게 나누어주곤 했다. 그걸 얻어먹으려고 그들 틈에 끼어 기웃거렸던 기억이 아련하다.

이윽고 나도 입학을 했다. 그러나 학교생활에 대한 기억은 그리 많지가 않다. 그 해 여름, 큰비가 내려 무릎까지 차오른 물을 헤치고 운동장을 가로질러 집으로 돌아온 적이 있다. 흙탕물이 된 학교 앞 개울은 나뭇가지며 온갖 것들이 함께 떠내려 왔다. 물길이 걸리는 곳마다 소용돌이가 일었고 나뭇가지를 타고 떠내려 온 뱀도 그곳에서 춤을 추듯 빙빙 돌다 물길을 따라 휩쓸려 내려갔다. 또 다른 기억은 가슴 설레게 했던 가을 소풍이었다. 아침에 출발해서 점심 먹을 때까지 산을 향해 줄을 지어 걸어 올라갔다. 산등성이에 올라서자 멀리 먼지를 가득 달고 달리는 버스가 보였다. 너무 신기하여 혹시 지나가는 버스를 눈에서 놓치지나 않을까 하는 조바심으로 맛있는 김밥을 먹는 둥 마는 둥 했다. 집으로 돌아오면서도 줄곧 버스 모양을 머릿속에 그려 보았다.

그 해 늦가을, 자동차 한 대 구경할 수 없었던 마을에 마구간만한 중장비가 여러 대 들이닥쳤다. 그리고는 학교 운동장까지 물이 차지 못하도록 겨우내 둑을 쌓았다. 우리들은 추위도 잊은 채 무리를 지어 구경하러 다녔다. 하지만 둑을 다 쌓기도 전에 나는 그곳을 떠나야만 했다. 나룻배를 타고, 소풍간 날 보았던 버스도 타고, 교실 뒷벽에 붙여 있는 그림으로만 보았던 기차도 탔다. 처음 타보는 기차에서는 신발을 벗어 바닥에 가지런히 놓은 채 양반자세로 의자에 올라앉았다. 그 길로 지금 이 나이가 되도록 고향에 가보지 못했다.

가끔씩 그립던 친구가 꿈속에 나와도 나이가 너무 어려 찾아갈 수가 없었고, 어느 정도 나이가 들어서는 너무 멀다는 핑계로 가볼 엄두를 못 냈다. 청년 시절엔 여행길이나 출장길에 그 주위를 지나면서도 들러보지 못했다. 영영 갈 수 없는 곳도 아니고 마음만 먹으면 언제든지 갈 수 있는 곳이라 시간날 때 가보면 되겠지 했다. 그렇게 차일피일 미룬 것이 결국 지금껏 가보지 못하고 말았다. 오랜 세월이 지난 뒤, 내가 고향에 한 번 다녀오고 싶다고 했을 때 아버지께서는 강 하구에 보를 막아 개울 옆 논이며 살던 집이 모두 물에 잠겼다고 말씀하셨다.

아버지의 말씀이 나에겐 뜻하지 않은 상실감을 안겨주었다. 이상하게도 그때부터 고향이 간절히 그리워지기 시작했다. 어릴 때 보았던 수채화 같은 고향을 꿈에서 만나보려고, 정성을 다해 그림을 그려서 머리맡에 두고 자기도 했지만 허사였다. 그 후로 몇 번인가 미루나무 위를 지나던 조각구름이 나무에 걸려 버둥거리다가 큰 물고기로 변하는 꿈을 꾸곤 했다. 그 모습을 지워보려고 한 동안 애를 썼지만 쉽게 지워지지 않았다. 이제는 고향을 떠나온 시간이 너무 오래 되어 미루나무에 걸려 버둥거리는 물고기마저도 꿈속에 나다나질 않는다.

해 질 무렵에 밥 짓는 연기가 마을을 온통 회색으로 물들이고, 놀러 나간 아이들을 부르는 어머니들의 목소리가 은은하게 들리는 듯한 고향 마을을 가끔 떠올려보곤 했다. 뜰에 서 있던 미루나무와 시도 때도 없이 울어대던 까치들도 보고 싶었다. 운동회 날 달리기하다 넘어졌던 운동장도 더욱 그리웠다. 그 넓은 운동장도 어른이 된 나에겐 이젠 손바닥만 하게 보일 테지. 두꺼비집을 만들며 놀았던 운동장 귀퉁이 모래밭에 선을 그어 정해놓은 내 땅은 주인을 기다리고 있을까? 학교 울타리로 심었던 탱자나무는 식구들을 많이 늘려 내 집 드나들 듯했던 개구멍을 막아 놓았겠지. 학교 앞 개울을 따라 펼쳐진 논에 모내기 때면 스멀스멀 기어 나오던 게들은 그대로 거기에 있을까? 멀리 징검다리를 건너오는 아버지를 볼 수 있을 만큼 명당이던 우리 집 대청마루엔 지금은 물고기 중에서도 제일 큰 대왕 물고기가 살고 있을지도 모른다. 그렇게 내 마음을 추스르고 있을 즈음이었다.

TV 프로에서 보지 말아야 할 것을 보고 말았다. 전국적으로 폭우가 쏟아졌다. 그런데 화면에 잡힌 마을 풍경이 내 시선을 사로잡았다. 마치 그곳은 꿈속에서조차 잘 나타나지 않았던 내 고향 같았다. 나지막한 산과 마을을 휘돌아 흐르는 강 하구. 그러나 강물은 탁하게 넘실거렸고 그 탁한 물결조차 보이지 않을 정도로 온갖 쓰레기로 뒤덮여 있었다. 태풍에 세상 쓰레기가 모두 떠밀려 왔는지, 물밑에 있던 고향 마을 살림살이가 전부 떠올라왔는지, 온갖 쓰레기와 죽은 물고기가 출렁이는 모습은 참혹하기만 했다.

언젠가는 고향에 가볼 생각이다. 늦어도 우리 집 막내 녀석이 내가 고향을 등졌던 나이가 되면, 수정 같은 맑은 개울물과 한 폭의 수채화처럼 아름다운 고향은 아니더라도 아비의 고향을 꼭 보여주고 싶다. 뜰 앞에 서 있던 미루나무가 동네에서 키가 제일 큰 나무였는데, 혹시 물 위로 나뭇가지가 솟아올라 손을 내밀고 반겨줄지도 모른다는 희망을 가지고.

상상 속에 그려진 그림 같은 고향마을 생각에 잠겨 있을 때, 내 깊은 꿈을 깨우듯 아이의 한 마디가 가슴을 파고들었다.

"아빠는 고향이 어디야?"

아버지와 아들

봄비가 내린다. 며칠 사이에 사무실 창문 밖 정원에는 어린 나뭇잎들이 몸을 키우느라 분주하다. 담장 밖으로 고개를 내밀고 있는 목련나무도 꽃망울을 터뜨리려고 준비가 한창이다. 하지만 넓은 자리를 차지하고 있는 커다란 느티나무는 아직도 움직임이 없다. 울타리를 친 향나무가 겨우내 찬바람을 막아주었는데도 해 지난 누런 잎들을 듬성듬성 달고 게으름을 피우고 있다. 아마도 해마다 찾아오는 박새가 돌아올 때를 기다리고 있는 모양이다.

정원 옆에는 인조잔디를 깔아 놓은 테니스장이 있었다. 지금은 늘어나는 자동차로 작은 주차장이 되어버렸지만 몇 년 전에는 동료들과 함께 그곳에서 테니스를 하곤 했다. 막내 녀석이 학교에 들어가기 전이라 가끔 데리고 다녔다. 그때마다 아이는 세발자전거를 타고 넓은 그곳을 빙빙 돌고, 테니스공을 발로 차며 놀았다. 어른들이 운동하는 모습을 보고 제 키만 한 라켓을 땅에 질질 끌고 다니며 흉내를 내기도 했다.

테니스장 주위에는 벚나무가 서너 그루 있다. 입구를 지키는 문지기 나무도 있고, 울타리를 지키는 나무도 있다. 화사하게 꽃을 피울 때면 꽃나무는 찾아온 손님들에게 향긋한 향기를 전해주었다. 꽃잎이 봄바람에 떨어지기 시작하면 하얀 나비 떼가 너울거리는 듯했고 외등 불빛 밑을 지나는 꽃잎은 바람에 날리는 함박눈 같았다. 봄바람이 잔잔해지면 들고양이가 장미넝쿨 속 보금자리에서 새끼들 재롱부리는 모습을 보여주기도 했다.

게으름을 피우던 느티나무가 하늘을 가릴 만큼 잎들이 무성해질 때면 돌아온 박새가 살구가 익어 간다고 알려주기라도 하듯 나뭇가지를 분주하게 오갔다. 운동이 끝나면 땀을 식히며 느티나무 밑에서 익은 살구를 따먹곤 했다.

막내는 노란 테니스공을 별나게 좋아한다. 테니스장에서 공을 발로 차며 놀았던 기억 때문이 아닐까 싶다. 막내가 노란 공을 보면, 예전 그 테니스장을 떠올리듯이 나에게도 새끼를 등에 업은 개구리를 보면 떠오르는 기억이 있다.

유년 시절 두 해 가량 살았던 마을에 운동장보다 두세 배나 큰 저수지가 있었다. 우리 집은 저수지로 물이 흘러 들어가는 개울에서 언덕 방향으로 멀지 않은 곳에 있었다. 아버지는 무더운 여름날이면 더위를 식히려고 우물가에서 등목을 했지만 가끔은 나를 데리고 어둠이 내려앉은 개울로 가 멱을 감곤 했다. 날이 어두워질 무렵, 아버지가 내 이름을 부르면 개울에 가는 것으로 알고 미리 수건을 챙겨 문밖에서 기다렸다. 그땐 차가운 물로 멱을 감는 것이 싫었다. 하지만 그곳에 가면 아버지의 넓은 등에 업힐 수 있어서 좋았다.

아버지는 개울가에서 멱을 감고 난 후, 나를 등에 태워 개울을 건너곤 했다. 개구리처럼 알몸인 채로 아버지 등에 업혀 개울을 건널 때면 아버지 등이 무척이나 따뜻했다. 가끔 아버지의 따뜻한 등이 생각날 때면, 막내 녀석을 불러 함께 샤워를 하기도 하고 업어주기도 하며 그때를 회상하곤 한다.

주차장으로 변해버린 테니스장처럼, 아버지와 함께 멱을 감았던 그 개울 주변에도 축산 농가가 생기고 작은 공장도 생겼다고 한다. 아직도 그곳에 맑은 물이 흐르고 있는지 알 수 없다. 물은 흘러가도 물에 비친 달빛은 늘 그 자리를 지키고 있듯이, 긴 세월이 흘렀어도 아버지의 등에 업혀 개울을 건너던 기억은 가슴에 그대로 남아 있다.

테니스장을 내려다보고 있는 건물 벽 낡은 빗물받이 위에서 이름 모를 작은 새가 폴짝거렸다. 한 동안 관심 있게 살펴보니 빗물받이 통 안으로 먹이를 물어 나르고 있었다. 어미 새인 모양이다. 고장나긴 했어도 비가 많이 내리면 물받이 통으로 물이 들이치지 않을까 걱정이 되었다. 다행히도 많은 비가 내리기 전에 모두들 그곳을 떠난 듯 보였다. 올해도 그 자리에 보금자리를 만들 요량인지 작은 새가 찾아왔다. 생긴 모양새나 폴짝거리는 모습이 예전에 보았던 작은 새와 흡사했다. 혹시 빗물받이 통 위에서 정원을 향해 첫 비행을 시도했던 새끼 새가 자라서 찾아온 것은 아닐까?

막내도 추억이 있는 테니스장에 가보고 싶다고 가끔 말한다. 작은 주차장으로 변해버린 그곳에 웅크리고 있는 자동차들을 보면 실망이 클 것이다. 하지만 그곳이 다른 모습으로 변해 있다 해도, 노랗게 익은 살구를 따먹으며 테니스공을 발로 차고 놀았던 그때 기억은 사라지지 않을 것이다. 아버지와 멱을 감던 개울물 위에 머물러 있던 달빛처럼, 변함없이 아름답고 소중한 추억으로 막내 가슴에 머물러 있을 것이다.

비밀 아지트

장맛비가 지루하게 내리던 어느 날이었다. 옷이 적당히 젖을 만큼 비가 오락가락했다. 가위를 하나씩 챙긴 우리는 조심스럽게 아카시 나뭇가지를 헤치며 과수원 울타리를 쉽게 넘을 수 있는 곳을 찾았다. 포도밭으로 숨어들기에는 더없이 좋은 날씨였다. 나뭇잎에 떨어지는 빗소리가 발자국소리를 감춰주었고, 흐릿한 날씨는 주위를 어두컴컴하게 조명했다. 멀지 않은 곳에서 우리 냄새를 맡았는지 개 짖는 소리가 간간히 들려왔다. 얼굴을 타고 흘러내리는 빗물은 놀란 가슴을 더욱 움츠리게 했다.

버스가 다니는 길에서 운동장만한 저수지를 한참 돌아 공동묘지를 가로지르면 외딴집 한 채가 있었다. 그곳에서 노부부가 양계장을 하고 있었고 동네 사람들은 그 집을 차주집이라 불렀다. 언젠가 버스에서 내린 아주머니를 만나, 착한 일을 한답시고 무거운 보따리를 그 집 대청마루까지 들어다준 적이 있었다. 덕분에 마당에 송아지만한 개가 지키고 있다는 것과 작은 연못이며 언덕 밑에 포도밭이 있다는 것을 알아냈다.

과수원 울타리에는 외부인 침입을 막기 위해 철조망을 쳐놓았다. 어떤 곳은 가시가 많은 탱자나무까지 촘촘히 심어놓았다. 노부부가 살고 있는 포도밭에는 양계장 일로 손이 모자라는지 포도송이를 종이봉투로 싸지도 않았고 울타리라고 해야 아카시 나무가 전부였다. 울타리로 심어 놓은 아카시 나무는 겨울이 다가오면 밑동만 남기고 모두 잘라서 땔감으로 썼다. 겨우내 밑동만 그루터기 모양으로 남아 있다가 봄이 되면 일년생처럼 새가지가 돋아났다. 돋아난 새가지는 어른 키 높이만큼 자라서 여름이면 푸른 잎과 함께 울타리를 대신했다. 과일이 익어갈 즈음이면 아카시 나뭇가지가 숨겨 놓은 가시까지 합세하여 침입자를 막아보려 하지만 우리를 상대하기에는 역부족이었다.

우리는 도둑고양이 걸음으로 포도밭으로 기어들어 갔다. 간간히 짖어대던 개도 지쳤는지 잠잠해졌다. 비에 젖은 옷 때문에 한기를 느낀 탓도 있지만 두려움으로 인해 이빨 부닥치는 소리가 그치질 않았다. 포도밭 구석 깊숙한 곳에 몸을 숨긴 우리는 넝쿨에 달려 있는 포도송이를 가위로 잘라서 쪼그리고 앉아 먹기 시작했다. 먹는

다기보다 아예 입안으로 밀어 넣었다. 포도 알을 따서 한입 가득 넣고는 껍질을 조용히 뱉어냈다. 씨까지 뱉어낼 여유가 없었다. 입안이 까끌해서 더는 먹을 수 없을 때까지 그곳에 숨어서 먹었다. 그날 저녁에 가위가 없어졌다고 영문도 모르는 누이동생만 엄마에게 누명을 쓰고 야단을 맞아야 했다.

유년 추억이 가장 많은 과수원에서는 수확기가 되면 사과를 쉽게 먹을 수 있었다. 과수원에서 수확한 사과를 시장으로 옮길 때는 운송수단이 말이나 소가 끄는 달구지였다. 교육청 고개를 넘어 조금만 더 가면 시장이었다. 우리 집 앞에서 교육청까지는 심한 오르막이었다. 소가 끄는 달구지는 거북이처럼 느리긴 해도 가뿐하게 올랐다. 하지만 말이 끄는 달구지는 집 앞에서부터 마부의 채찍으로 달리기 시작하여 고개에 이를 무렵이면 달리던 말이 힘에 부쳐 마부 힘까지 거들어야 간신히 고개를 넘었다. 한참 수확기에는 집 앞 출발선상에 달구지들이 줄을 서서 차례를 기다렸다. 달리던 말이 힘이 떨어져 교육청 앞까지 오르지 못하면 보통 낭패가 아니었다. 뒤로 밀려나면 처음 달리기 시작한 곳에서부터 다시 올라야 했다. 힘이 빠진 말에게 두 번째 도전은 그리 쉬워 보이지 않았다. 자칫 말과 달구지가 후진을 하다 잘못되어 저수지로 꼬꾸라지는 경우도 종종 있었다.

우리는 햇볕이 잘 드는 빵집 담장 밑에 옹기종기 모여 놀았다. 벽에 등을 기대고 바라보면 힘겹게 올라오는 달구지가 훤하게 보였다. 가끔은 올라오는 달구지로 달려가 겨우 매달려갈 듯한 체구로 열심히 뒤를 밀어주었다. 어느 때는 밀어주고 허락도 없이 사과상자에서 사과를 한 개씩 꺼내 들고 도망쳤다. 훔친 사과 종류도 가지가지였다. 노란 색을 띠는 사과, 바지에 문지르면 빨간 색 보석처럼 빛나는 사과, 어떤 것은 작은 수박 크기만 한 사과도 있었다.

그해, 아카시 나뭇가지가 앙상해질 무렵에 우리 가족은 차주 집으로 이사했다. 이제 포도밭은 나의 아지트였고 울타리 개구멍은 내가 지켜야 할 곳으로 바뀌었다. 어머니가 밤새도록 찾았던 가위는 그곳에서 녹슨 채로 발견되었다. 그 가위는 그 후로도 서너 해 동안 포도밭에서 나를 도와주었다.

요즘도 가끔 아이들과 함께 포도를 먹을 때면, 아이들이 한눈을 팔거나 자리를 잠시 비운 틈을 타서 포도 알을 한 움큼씩 따서 입에 넣는다. 그럴 때마다, 예전 그때 맛이 아련하게 전해 온다. 비 오는 날이면 유난히 포도를 한 움큼 따서 먹고 싶어진다.

길

어둠이 짙게 깔린 퇴근길, 가다 서다를 반복하며 차들이 꼬리를 물고 있다. 반대 방향은 차량이 뜸해 한가롭기만 하다. 멀리 굽은 길로 가로수를 뒤로 밀어내며 다가오는 자동차 불빛이 먼 기억 속 길을 떠오르게 한다.

중학교 시절, 여름방학이 시작된 지 얼마 되지 않은 어느 날이었다. 제물포에서 공부를 하고 있는 친구의 형을 만나기 위해 왕복 차비만 준비한 채 친구와 함께 기차를 탔다. 멀리 가본 것이라곤 언젠가 무작정 시내버스를 타고 종점까지 갔다 온 것이 고작이었다. 기차를 타고 간다는 말을 들은 그날, 기차 여행에 대한 설렘과 낯선 곳에 대한 호기심에 들떠 집에서 제법 떨어진 구름다리를 찾아가 어두해질 때까지 지나가는 기차를 세며 꽁무니를 바라보았다.

서울역에서 출발한 기차는 도시 위를 떠가듯 달려갔다. 창문 너머로 건물이며 차들이 빠르게 뒤로 달아났고, 따라오는가 싶던 먼 산이 사라지면 새로운 산이 나타나기를 반복했다. 들뜬 마음에 자리를 지키지 못하고 정차하는 역마다 내리는 사람들과 함께 내려 주위를 살피고는 다시 올라탔다. 어느 간이역에서는 타고 내리는 사람이 달랑 나 혼자뿐이었다. 큰 열차가 나 때문에 정차한 것 같아서 공연히 겁을 먹고 얼른 올라타고는 다른 객실로 몸을 숨겼다.

긴 시간 놀이기구를 탄 듯한 기분으로 제물포역에 내렸다. 대합실에 북적거리던 사람들이 모두 빠져 나갔지만 기다리고 있어야 할 친구 형의 모습은 보이지 않았다. 친구는 그때서야 약속시간을 정하지 않고 집에서 출발하는 시간만 형에게 알려줬다고 했다. 혹시 더위를 피해 밖에서 기다리고 있지 않을까 하는 생각에 밖으로 나가 주변을 살폈지만 아스팔트에서 뿜어져 나오는 뜨거운 열기뿐이었다. 달리 연락할 방법도 없고, 똥마려운 강아지처럼 대합실을 들락거리며 형이 나타나기만을 기다렸다. 몇 차례 열차가 머물다 떠나고 승객들이 빠져나갔지만 여전히 친구 형의 모습은 보이지 않았다. 대합실에 걸려 있는 시계바늘이 오후 5시를 넘어서고 있었다. 혹시 약속을 잊어버린 것은 아닐까, 대합실 의자에 꾀죄죄한 몰골로 잠자고 있는 노숙자의 모습에 자꾸만 눈길이 갔다.

10분만 더 기다려보고 그래도 형이 나타나지 않으면 어두워지기 전에 돌아가기로 했다. 그렇게 연장하기 시작한 10분이 한 시간이 되도록 실행에 옮기지 못했다. 돌아서면 바로 형이 나타날 것만 같았고 무엇보다 형을 꼭 만나야만 했다. 오는 길에 더위를 참지 못하고 얼음과자를 사먹는 바람에 돌아갈 차비가 부족했다. 남은 돈을 합쳐도 한 사람의 기차 요금도 되지 못했다. 형은 끝내 나타나지 않았다.

우리는 걸어가기로 결심했다. 몇 시간이나 걸어야 하는지, 거리가 얼마나 되는지, 막막하기만 했지만 철길을 따라 왔던 길로 되돌아가면 집에 갈 수 있다는 생각만으로 출발했다. 혹시 우리가 떠나고 난 후에 형이 오지 않았을까, 두 번이나 대합실로 되돌아가 보았지만 형은 보이지 않았다. 숫기가 없는 탓도 있지만 역 주변에 불량배들이 많다는 말을 들은 기억 때문에 부족한 차비를 구걸해볼 생각조차 하지 못했다. 오히려 길을 나설 때 불량배들이 등 뒤에서 불러 세우지나 않을까 조마조마했다.

철길을 따라 걷는 것은 별 어려움이 없었다. 가는 도중에 역이 나타나면 역무원 눈을 피해 돌아가야 했지만 걷기 좋은 한적한 길이었다. 해바라기, 군락을 이룬 사루비아, 금잔화, 또 이름을 알 수 없는 갖가지 꽃들이 반겨주었고 밭둑길을 걸을 때는 옥수수며 들깨 잎들이 지루함을 달래주었다. 같은 방향으로 가는 열차를 만날 때에는 멀어져 가는 기차 꽁무니를 향해 손을 흔들며 여유를 부려보기도 했다.

어느 작은 도시에 도착했을 무렵 날이 어두워 철길을 더 이상 걸을 수가 없었다. 자동차가 다니는 도로를 따라 이정표를 보고 서울 방향으로 계속 걸었다. 그것도 잠시, 어두워서 더 이상 이정표마저 보이지 않았고 그날 따라 흔한 달빛도 비치지 않았다. 칠흑 같은 어둠 속에서 멀리 가로수 사이로 반짝이며 다가오는 자동차 불빛이 유일한 이정표였다. 굽은 길이 끝나고 나면 또다시 굽은 길이 기다렸다. 지쳐가는 만큼 불빛은 더욱 먼 곳에 있었고 갈수록 길어지는 침묵과 지루함은 친구와 함께 걷고 있다는 사실마저 잊게 했다. 그나마 길 끄트머리의 불빛이 가득한 도시가 가끔씩 우리의 마음을 달래 주었다.

얼마나 걸었을까, 마침내 눈에 익은 버스가 정류장에 멈춰 섰다. 버스 색깔로 보아 서울임을 알 수 있었다. 반가운 나머지 다가오는 버스를 향해 정신없이 뛰어 무작정 올라탔다. 하지만 버스는 곧바로 종점으로 들어섰다. 너무 늦은 시간이라 나가는 버스는 없다고 했다. 실망감으로 기운이 빠지고 다리가 풀려 더 이상 걸어갈 엄두가 나지 않았다. 불빛을 따라 걷고 또 걸어 온 곳이 오류동이었다. 개울 건너 벽돌을 높이 쌓아놓은 곳이 보였다. 우리는 그곳으로 긴 의자를 들고 가 머리를 양쪽으로 두고 몸을 서로 겹쳐 누워 노숙했다. 다음날 새벽, 자동차 엔진 소리에 선잠에서 깼다. 그리고는 곧바로 출발하려는 버스에 올라탔다. 기억 속에 지워지지 않는 노숙이었고, 처음으로 타본 첫 차였다.

나에게 '길'이란 단어는 앞으로 가야 할 길보다 지나온 길들을 생각나게 한다. 지나온 길 중에서도 사연이 많은 길이 먼저 떠오르는 것은 그 길 속에 고된 나의 삶이 숨어 있기 때문이다. 때때로 가던 길을 멈추고 뒤돌아보게 하는 어느 순간은 인생의 간이역쯤에 해당하는 것이 아닌가 생각하게 한다. 아직 길은 끝나지 않았으므로.

숨겨 놓은 흠집

누구나 감추고 싶은, 자신만 알고 있는 상처나 흠집 하나쯤 가지고 있을 것이다. 시원하게 맨발로 샌들을 신고 다녀야 할 여름철에도 나는 양말을 챙겨 신는다. 볼품사나운 오른쪽 엄지발톱 때문이다. 무좀에 걸린 발톱처럼 핏기 없이 누렇게 죽어 있다. 약을 먹고 예쁜 발톱을 되찾은 아내는 내가 딱해 보이는지, 약을 먹어보라고 권하지만 다른 발톱으로 전염되지 않는 것을 보면 무좀은 아닌 듯하다. 웬만한 손톱깎기로는 깎을 수가 없다. 어찌나 발톱이 두꺼운지 손톱깎기 날 틈새로 끼워 넣기가 쉽지 않다. 발톱 손질에 게으름을 피우면 양쪽 살 속으로 발톱이 파고들고, 깎는 것조차 불편하다. 그뿐만이 아니다. 오른쪽 양말 앞부분이 쉽게 뚫어지고, 운동화를 신고 심한 운동을 하면 발톱 주위가 시퍼렇게 멍이 든다. 결국 발톱은 빠지고 만다.

언젠가 못생긴 내 엄지발톱을 보고 어머니께서 하신 말씀이 생각난다. 어릴 적에 엄지발톱에 상처가 생겨 잠을 설치는 모습을 보고 마땅하게 발라줄 약이 없어서, 벌에 쏘이면 된장을 바르듯 빨리 나으라고 고추장을 발라주었다고 했다. 그날 고통스러워하는 나를 보고 애를 잡는 줄 알았다며 미간을 심하게 찌푸리며 마음 아파하셨다. 효과가 있었는지는 모르겠으나 그 이후로 상처는 아물었고 대신 발톱은 그 모양이 되어버렸다. 다른 발톱은 상처가 생겨 잘라내거나 빠지면 산뜻한 모습으로 새로 돋아나는데, 나의 오른쪽 엄지발톱은 지금껏 셀 수 없을 만큼 잘라내고 또 잘라냈어도 변함없이 그 모양이다. 참으로 알 수 없는 노릇이다.

어쩌다 입고 있는 바지 엉덩이 부위가 터지게 되면 보통 낭패가 아니다. 창피한 생각에 좀처럼 편안하게 걸을 수가 없다. 하지만 당사자가 신경 쓰는 만큼 주위사람들은 관심을 두지 않는다. 큰소리로 호들갑을 떨지 않으면 쳐다보지도 않는다.

중학교 졸업 사진을 보면 앞줄에 나란히 앉아 있는 학생들 모두 다리를 가지런히 붙이고 있는데 나만 유독 다리가 조금 벌어져 있다. 볼 때마다 마뜩찮다. 지금은 학생들이 여러 색깔의 다양한 운동화를 신고 다니지만 당시에는 대다수 학생들이 같은 모양의 검은 운동화를 착용했다. 요즘 해진 운동화를 신고 다니는 사람을 본 적이 없다. 저마다 유명 브랜드 운동화를 신는다. 비싼 만큼 제값을 하는지 오래 신을 뿐 아니라, 떨어지거나 닳아서 못 신는 것보다 싫증나서 바꾸는 것 같다. 교복도 마찬가지다. 학교 갈 때만 입기 때문인지 졸업하는 날, 후배들에게 물려주기까지 하는 것을 보면 작아서 못 입을 뿐이지 떨어지거나 해지는 경우는 드문 것 같다. 하지만 우리 때 교복은 학교에서 뿐만이 아니라 외출복으로 한몫을 했다. 넉넉한 가정의 아이들은 외출복이 따로 있었겠지만 나의 경우는 마땅히 입을 것이 없어 외출 때 교복 바지를 주로 입었다. 그러니 빨리 떨어질 수밖에 없었고 해진 부분을 누벼 입거나 무릎에 천을 덧대어 기워 입기도 했다. 운동화 역시 슬리퍼를 제하면 달랑 하나뿐인 외출용 신발이었다. 당연히 쉬 떨어졌고 어지간히 닳아서 해져도 창피한 줄 모르고 신고 다녔다.

졸업 사진을 찍을 무렵에 운동화 옆 부분이 닳아 해져 있었다. 해진 운동화를 신은 내 모습을 평생 두고 봐야 하는 졸업 사진에 담을 수가 없었다. 어떤 일이 있어도 그 모습은 피해야만 했다. 운동화를 벗을 수도 없고, 궁리 끝에 해진 부분을 살짝 가리기로 했다. 발목을 약간 오른쪽으로 구부리면 보이지 않을 것 같았다. 결국 졸업 사진 속 내 모습은 발목을 구부린 만큼 두 다리 사이가 벌어졌고 오른쪽 신발이 약간 옆으로 세워졌다. 하지만 신경을 쓴 만큼 해진 부분이 숨겨진 것도 아니었다. 내 눈에는 오히려 더 뚜렷하고 대문짝만해 보인다.

사진 속에 맨 앞줄은 키 순서대로 작은 사람이 의자에 앉았다. 나보다 키 작은 사람이 한 명만 더 있었어도 뒷줄에 설 수 있었을 것이고, 해진 부분을 감추려고 애쓰지 않아도 될 일이었다. 지금은 또래에 비해 작은 키도 아닌데, 어차피 클 키였으면 그때 조금만 일찍 더 컸어도 좋았으련만 하는 아쉬움이 남는다.

두 무릎을 똑바로 붙이고 찍었다면 어땠을까. 해진 부분이 단추 크기만 해서 다른 사람 눈에는 숨은 그림 찾기처럼 찾기가 어려웠을 것이다. 사소한 흠집을 감추려다 도리어 좋지 않은 모습만 남긴 셈이다. 벌어진 다리가 거슬린다. 자칫 불량스러워 보이는 내 모습은 다리가 불편한 사람 같기도 하고 어수룩하게 보이기도 한다. 사진을 볼 때마다 못내 아쉽고 속상하다. 그 모습 또한 내 눈에만 그렇게 보일 뿐, 다른 사람들은 별 말이 없는 것을 보면 대수롭지 않게 보이는 모양이다. 어쩌면 나 자신만이 흠집으로 여기며 살아가고 있는지도 모르겠다.

빛바랜 풍경

어렸을 때 이사를 많이 다녀서인지 헝클어진 영화 필름처럼 어디 한 곳을 정해두고 추억할 만한 장소가 없다. 하지만 딱 한 곳에 대한 기억이 가끔씩 나를 그 시절로 손짓한다.

겨우 두 해 정도 살았을까? 그곳은 큰 저수지와 공동묘지를 지나야 하는, 버스가 다니는 마을에서 한참 떨어진 외진 곳이었다. 더구나 서쪽 산을 등진 곳이라 일찍 찾아오는 어둠을 밀어내기 위해 서둘러 호야 불을 밝혀야 했다. 흐릿한 호야 등불 밑에서 온 식구가 모여 앉아 저녁밥을 먹었다.

그 집은 기와를 올린 제법 큰 규모였다. 버스가 다니는 마을로 가봐도 교육청 건물 외에는 모두 초라한 초가집들뿐이었다. 우리 식구가 들어가기 전에는 달랑 두 노부부만 살았다고 했다. 그들과 함께 살게 된 것은 호랑이도 무서워한다는 가난이 첫 번째였고, 다음으로 자동차 구경도 하기 힘든 '깡촌'에서 농사일만 하셨던 할아버지께서 찾으신 소일거리가 그곳에 있었기 때문이었다.

그 집은 대문을 열면 바닥이 보이지 않을 만큼 깊은 우물이 있었다. 여름철에는 바구니에 과일을 담아 두레박 끈에 묶어 우물 속에 넣었다가 시원하게 먹었다.

어느 날 우물에서 주인 아주머니가 토마토가 가득 담긴 바구니를 끌어 올리고 있었다. 마침 그곳을 지나던 나와 동생은 자리를 뜨지 못하고 마른침을 삼키며 쳐다보고 있었다. 하지만 인정머리 없는 아주머니는 눈도 마주치지 않았다. 오히려 조심해서 다니지 않는다고 꾸지람을 주었다.

등불에 기름이 떨어져 한밤중에 여동생과 함께 공동묘지를 가로질러 기름을 사려고 마을로 간 적이 있다. 마을을 오갈 때마다 지나는 공동묘지라 아무 생각 없이 출발했다. 어두움이 서서히 깔려왔지만 무서움보다 빨리 되돌아와야 한다는 생각에 쉽게 갈 수 있었다. 하지만 돌아오는 길은 공동묘지를 벗어나려고 뛰다시피 걸어도 제자리걸음이었다. 흔하던 달빛마저 보이지 않았다. 어둠 속에서 검은 형체가 불쑥 나타날 것만 같아 오금이 저리고 식은땀이 등줄기를 타고 내렸다. 무서움을 떨쳐내려고 고래고래 소리치듯이 노래를 불렀지만 등 뒤에서 뭔가 끌어당기는 듯한 섬뜩함을 떨어내지 못했다.

그 집 앞마당을 지나 비탈길을 내려가면 조그마한 포도밭이 있었다. 포도밭 넝쿨 속은 누구도 찾을 수 없는 아늑한 나의 비밀 아지트였다. 송이마다 한두 알씩 포도가 익어갈 무렵 까맣게 익은 포도알만 골라 빼먹는 재미는 가장 기억에 남는 추억 중 하나다. 하지만 그 포도밭에 가려면 넘어야 할 장애물이 둘이나 있었다. 하나는 마당 입구 구석에 묶어 놓은 송아지만한 개였다. 혓바닥을 길게 내밀고 씩씩거리며 금방이라도 쇠줄을 끊고 달려들 것만 같았다. 주인은 밤손님으로부터 닭장을 지키기 위해 그 놈을 가끔 풀어 놓곤 했다. 그럴 때마다 다음날 아침이면 닭을 지켜야 할 개가 닭을 물어 죽였다며 주인집 아주머니가 호들갑을 떨곤 했다. 그 소리가 들리는 날이면 어두워지기 전에 요강을 챙기는 것이 나의 마지막 일과가 되었다.

또 하나는 마당을 누비며 돌아다니는 수탉이었다. 그 놈과의 기싸움에서 이겨야 했다. 회를 치며 뛰어오를 때 지게 작대기를 사정없이 휘둘러 다시는 못 덤비도록 혼내주어야 한다는 어른들의 말씀을 들었다. 하지만 나는 작대기보다 키가 작아서 어찌 해볼 수가 없었다. 고양이걸음으로 몰래 다닐라치면 어디서 나타났는지 그 놈의 수탉이 앞길을 막곤 했다.

포도밭 옆에 조그마한 연못이 있었다. 주먹만 한 빗방울이 떨어지던 여름날, 앞마당에 새끼손가락 크기의 붕어가 떨어져 펄떡거렸다. 수탉이 낚아채기 전에 붕어를 연못에 넣어준 기억도 생생하다.

가끔 저수지 건너 양조장에 할아버지가 좋아하는 막걸리 심부름을 다니기도 했다. 오는 길에 심심풀이로 조금씩 마신 막걸리에 취해 대문 앞에 쪼그리고 앉아 존 적도 많다. 돌부리에 걸려 엎어지는 바람에 주전자를 떨어뜨려 이것밖에 남지 않았다고 술에 취한 혀로 변명을 하면 할아버지께서는 호탕하게 웃으며 말씀하셨다.

"우리 손자 오늘도 한 잔 했네, 그려."

지금도 막걸리를 마시면 가끔 빛바랜 그때 그 그림이 그려진다. 할아버지께서 옆에 계시면 아무리 사나운 개도, 날아오르는 싸움닭도 모두 꽁지를 내렸다. 언제나 내 편으로 영원히 옆에 계실 줄로만 알았던 할아버지가 돌아가시고 우리는 그곳을 떠나왔다. 유난히 할아버지가 그리운 날이다.

말하지 못한 사연

둘째 동생이 다니던 회사를 그만두었다. IMF 사태 피해자가 되고만 것이다. 딸린 식구가 셋이나 되는 동생은 그 후로 이런 일, 저런 일들을 열심히 해보았지만 하는 일마다 신통치 않았다. 지켜보는 내 마음도 무거웠다. 그러던 중에 아버지께서 돌아가시고 얼마 되지 않아 동생은 처가 근처 춘천으로 이사를 갔다.

몇 안 되는 우리 형제가 모여 살고 있는 이곳은 오랜 세월 동안 살아 두 번째 고향이라고 할 만큼 정이 든 곳이다. 동생에게도 고향이나 다름없는 이곳을 떠나기가 쉽진 않았을 텐데, 정신적 지주였을 아버지가 돌아가시고 나자 마음기댈 곳을 잃었다는 생각이 들었던 걸까. 별 도움이 못 되는 형을 원망하는 마음에 쉽게 그리 결심했나 하는 생각이 들어 한 동안 마음이 몹시 아렸다.

동생은 이사를 간 후로 아무런 연락이 없었다. 무소식이 희소식이라 생각하며 잘 지내고 있겠거니 했다. 그런 동생이 연락도 없이 불쑥 찾아왔다. 동생을 보는 순간 반가움보다 깊숙이 숨어 있던 걱정이 나를 주춤거리게 했다. 하지만 아주 반갑게 나를 향해 악수하자 내미는 동생의 손을 바라보며 미안한 마음이 들었다. 생전에 아버지께서 '형이 동생들을 잘 좀 챙기고 보살펴야 우애가 깊어지는 거'라고 하시던 말씀이 귓전에 맴돌았다.

아버지는 형제들이 모여 삼겹살을 구워놓고 술 마시는 날이면 입가에 미소가 가시지 않았다. 그 생각을 하며 동생과 함께 이곳을 떠나기 전에 가끔 했던 것처럼 삼겹살에 소주를 마셨다. 힘들어하는 동생에게 상추에 얽힌 힘들고 배고팠던 추억을 들려주었다.

남들이 가기 싫어하는 군대를 어려운 집안 형편 때문에 지원하다시피 해서 갔다. 강원도 첩첩 산골이었다. 철책선 경계근무를 하던 그곳에서 휴가란 세상에서 가장 큰 선물이었다. 휴가를 받고 아랫녘이 집인 전우와 둘이서 집으로 가는 길이었다. 우리 집 형편이 넉넉했다면 하룻밤을 재워 보냈을 것이다. 방 한 칸에 사 남매가 기거하고 있는 형편이라 도저히 발길을 내 집으로 정할 수가 없었다. 어쩔 수 없이 서로 가는 방향이 갈라지는 곳에서 하루를 묵기로 했다. 마을 주변을 한 바퀴 돌아보고 그 중에 제일 허름한 여인숙을 찾아 여장을 풀었다. 혈기 왕성하여 먹고 돌아서면 금방 배가 고파지는 나이였다. 우리는 앉자마자 허기진 배부터 채우려고 메뉴 판을 펼쳐보았다. 하지만 서로 가지고 있는 돈을 합쳐도 두 그릇의 밥을 사먹을 수가 없었다. 할 수 없이 한 그릇을 시킨 후 나누어 먹기로 했다. 그나마 다행스러운 건 농사를 짓는 시골 마을이라 상추는 아주 푸짐하게 나왔다. 먹기 전에 상추를 한 번에 다섯 장 이내로 싸기로 약속했지만 그 약속은 서로 지키지 못했다. 손바닥 위에 상추를 최대한 겹쳐 놓고 하나밖에 없는 숟가락을 번갈아 주고받으며 겨우 밥 한 숟가락 올린 다음 그 쌈으로 허기진 배를 채웠다. '눈물 젖은 빵을 먹어 보았다'는 것과 비슷한 경험이었다. 그때 만약 혼자였다면 무척 힘들었을 것이다. 하지만 옆에 전우가 있어 함께 웃을 수 있었다.

어려울 때는 옆에 누군가 있어만 주어도 큰 힘이 될 텐데, 동생 옆에 가까이 있어주지 못하는 것이 너무 가슴 아프다. 상추에 대한 얘기는 취중에 자주 했던 얘기다. 그날은 동생이 중간에 얘기를 막지 않고 묵묵히 듣기만 했다. 힘든 동생이 멀리서 그나마 형편이 나은 형을 아버지 찾아뵙듯 찾아왔는데, 군 생활을 하며 힘든 순간마다 '이 순간도 시간이 흐르고 나면 훗날 옛날 얘기하듯 말할 거'라 생각하며 견뎌냈다고, 지금이 너에게 힘든 오르막길이라면 머지않아 쉬운 내리막길이 찾아올 거라고, 뻔한 소리나 해준 것이 전부였다.

술기운 탓인지 동생 모습 속에 동생들을 잘 좀 보살피라고 하시던 아버지의 젊을 적 모습이 보이는 듯했다. 아버지는 형제간에 우애를 제일로 쳤다. 둘뿐인 아버지 형제는 어린 나이에 할머니를 잃어 서로를 위하는 마음이 남달랐다. 결혼을 하고도 힘든 살림이었지만 동생을 위하는 아버지의 마음은 변함이 없었다. 그 아비에 그 자식이라고 했지만 나는 아버지로부터 남다른 형제애를 보고 배웠음에도 힘들어 찾아온 동생에게 기껏 술잔을 건네는 일밖에 못했다.

주거니 받거니 술잔이 오가며 오랜 시간 동안 많은 대화를 했다. 하지만 용기가 나지 않아 왜 그곳으로 이사를 갈 수밖에 없었냐고 물어보지 못했다. 동생 역시 까닭을 끝까지 말하지 않았다. 늦은 시간에 자리를 털고 일어나 막차를 타기 위해 서두르는 동생의 뒷모습을 바라보며 넉넉한 형이 되지 못함에 한없이 미안했다. 건강과 행복, 그리고 경제적 풍요로움이 동생 곁에 늘 함께 해주기를 간절히 바라며 눈시울만 붉힐 뿐이었다.

밭으로 간 형제들

잡초만 무성했던 밭에 동생들과 함께 들깨를 심었다. 가을걷이에 대한 기대보다는 동생들과 함께 한다는 것이 좋아서 시작했다.

재배가 수월하다는 옥수수를 이른 봄에 심었지만 거름을 하지 않은 탓인지, 너무 이른 시기에 심은 탓인지, 올라온 싹이 몇 개 되지 않았다. 제법 모양새를 갖춘 다른 집 옥수수와 비교하니 한심스러웠다. 그마저도 잡초에 둘러싸여 제대로 자라기나 할까 걱정스러웠다. 싹이 나지 않은 빈자리에 옥수수를 재차 심으면 순차적으로 수

확할 수 있어, 판매 목적이 아니라면 한꺼번에 심는 것보다 좋은 방법이라고 경험이 많은 분이 일러주었다. 시키는 대로 하기로 하고 우선 어린 싹 주위의 잡초를 뽑아 낸 후 크게 자란 풀에는 제초제를 뿌렸다. 그런데 일주일 뒤에 밭에 가보니 옥수수 싹이 잡초와 함께 갈색으로 말라 있었다. 제초제 효과가 온 밭에 나타난 것이다. 다시 시작할 엄두가 나지 않았다.

농사일을 거들어 주는 분이 들깨가 키우기 쉽다고 권했다. 심어 놓고 어느 정도 자라면 손볼 일이 없고 절기상으로도 늦지 않았다고 했다. 선택의 여지가 없었다.

모종을 내고 한 달 가량은 물 관리를 잘해야 한다는 말에 유난히 긴 가뭄이 신경 쓰였다. 근처 다른 집 비닐하우스나 고추밭에는 수도꼭지를 틀면 물이 나왔지만 우리 밭에는 그런 시설이 되어 있지 않아 임시로 파놓은 웅덩이에서 물을 길어 와야 했다. 비 오는 날 전후로 들깨 모를 내는 것이 좋지만 주말밖에 시간을 낼 수 없었다. 먼지 날리는 마른 밭에 모종을 내고 웅덩이 물을 길어다 부어주었다. 한여름 뙤약볕 속에서 양동이로 물을 퍼 나르는 일은 여간 힘든 게 아니었다. 장마가 오기 전까지 일주일에 두어 번 물을 주는 일 외에도 토요일 새벽에 동생들과 함께 풀을 뽑고 비료를 주기도 했다. 옥수수 못지않게 시행착오를 겪기는 했지만 지금은 어른 무릎 높이까지 자랐고 깻잎 냄새도 제법 난다.

얼마 전까지만 해도 밭을 가꾼다는 것은 생각도 못한 일이었다. 주말이면 늘어지게 늦잠을 자는 게으름 탓도 있었지만, 해야 할 일도 많고 하고 싶은 일도 많은데 주말농장에까지 발목을 잡히기가 싫었다.

과수원에서 배나무 두 그루를 분양받아 키우고 있는데 과수원 일정에 맞추어 이른 봄에 열매를 솎아주고, 한여름에 나무 주위의 풀 한 번 매고, 가을이면 수확한다. 일 년에 고작 세 번 참여하는 일이지만 때를 놓치면 안 되므로 나름 바쁘다. 수확 후 배의 상품 가치를 따지면 차라리 상점에서 사먹는 것이 나았다.

짬을 내 밤을 주우러 야산에도 갔다. 밤나무를 발로 차기도 하고 가지를 흔들기도 해서 떨어진 밤을 주워들고 뿌듯한 마음으로 돌아오지만 대부분 벌레 먹고 크기도 작아서 노력한 것에 비해 결과는 보잘것없었다. 차라리 시장에서 사다 먹는 것이 낫다는 아내의 핀잔을 들었다.

배나무나 야산에서 줍는 밤처럼 들깨도 헛고생이 될지도 모른다. 그런 생각을 하면서도 이상하게 내 마음은 들깨밭으로 향한다. 다녀온 지 일주일이 채 되기도 전에 그곳이 궁금해지는 것이다. 간밤에 내린 비로 골이 많이 파이지는 않았는지, 풀을 뽑으라고 했더니 힘들다며 막내 동생이 발로 밟아 눕혀놓은 잡초들이 그새 일어나 들깨를 덮치지는 않았는지, 결국 참지 못하고 짬을 내어 밭을 찾는다.

뒷짐을 지고 골을 따라 걷는다. 잡초 중에 제일 키가 큰 놈을 뽑는다. 그리고는 다시 뒷짐을 지고 들깨를 내려다보며 서성거린다. 그 다음 큰 풀을 골라 뽑는다. 그 일을 반복한다. 그간 자란 풀을 보니 심란하다. 키우기가 쉽다는 들깨마저도 귀중한 주말 시간을 빼앗고 풀 뽑는 일도 쉽지가 않다, 그래도 하루가 다르게 자라는 걸

보면 내 손으로 가꾸는 일의 보람이 느껴진다. 뒷짐을 지고 밭고랑을 서성거리는 농부를 본 적이 있다. 그때 농부의 마음이 나와 같았을까?

형제라 해도 각기 가정을 꾸리고 생활권이 다르다 보니 자연히 만남이 뜸해지고, 명절이나 제삿날에 만난다 해도 느긋하게 앉아 깊은 대화를 나눌 수가 없다. 뜸한 만남으로 서먹하기까지 하고 어느 때는 별 말 아닌데도 오해가 생겨 언성이 높아지기도 한다. 제수가 있는 자리는 늘 어렵고 이해관계가 얽힌 말이라도 하게 될라치면 더욱 조심스럽다. 하지만 형제들끼리 만나면 상황은 달라진다. 어릴 때처럼 형제간 서열이 뚜렷해지고 골치 아픈 일에서도 쉽게 합의점을 찾는다.

새벽에 동생들과 일하고 먹는 해장국은 꿀맛이다. 들깨를 가꾸며 만나는 횟수가 늘고 대화도 많아지니 우애도 깊어지는 것 같아 시작하기를 잘한 듯하다. 생전의 아버지 말씀을 이제야 온전히 알 것 같다.

Part 3

개나리꽃 필 때면

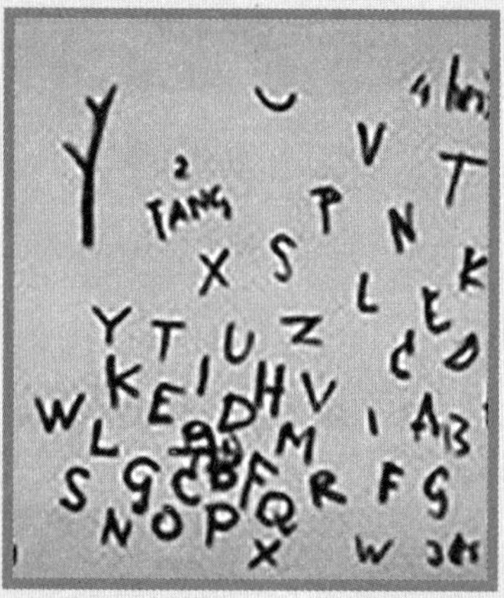

뒷산으로 오르는 길목, 언덕 위에 있는 학교 담장에 봄 햇살을 받으며 개나리꽃이 가득 피어 있다. 개나리꽃을 보면 중년인 지금도 중학교 때 신문을 돌릴 때 만났던 풋풋했던 여학생 모습이 생각나곤 한다. 그녀를 위해 담장 밑에 심어 놓은 개나리도 해마다 이맘 때면 화사하게 노란 꽃을 피우고 있을까?

기억 속으로 걸어온 그녀

얼마 전에 친구 등록을 요청하는 메일 한 통이 왔다. 닉네임으로 보냈으니 누구인지 짐작이 가지 않았다. 전에도 같은 메일을 받은 기억이 있어 아는 사람일 거라 생각하며 '확인'을 눌러보았다. 뜻밖에도 기억 속에서조차 가물거리는 이름이었다.

학교 졸업 후, 입사 시험을 준비하고 있을 때 일이다. 독서실에서 입실료를 내는 대신 청소를 해주고 카운터를 봐주며 공부하고 있었다. 어느 날 늦은 시간, 출출한 배를 달래기 위해 라면을 끓여먹고 있을 때였다. 카운터 창 밖에서 누군가 노크를 했다. 가끔 물을 찾는 사람, 책을 맡기는 사람 등 갖가지 용무로 찾아오는 사람이 많아 대수롭지 않게 창밖을 보았다. 흘깃 눈을 치켜뜨고 바라본 그곳에 미모의 여성이 서 있었다. 라면을 먹다 말고 얼른 자리에서 일어나 무슨 일이냐고 물었다. 괜히 가슴이 떨렸다. 하지만 그녀는 담배 있으면 한 개비만 빌려달라 했다. 담배 피우는 여성을 쉽게 볼 수 없었던 시절이었고 그것도 그녀와는 초면이어서 잠시 당황했다. 문제가 많은 여자일 거라 생각하면서도 미모 때문에 태연한 표정을 지으며 한 개비를 건네주었다. 그녀는 곧바로 고맙다는 말을 남기고 사라졌다.

대학 입시가 끝난 후 독서실을 찾는 사람은 대부분 이듬해 봄에 있을 공무원 시험이나 입사 시험 준비를 하는 사람들이었다. 그녀도 그런 사람들 중 하나로 독서실을 찾아온 듯 보였다. 담배를 피우는 여성이 있다는 말은 들었어도 실제로 보지는 못했다. 정말 담배를 피우는지 확인하고 싶어서 고양이걸음으로 옥상에 올라가 보았다. 그녀는 보이지 않았다. 다음날 나타난 그녀는 빌려간 담배 한 개비 대신이라며 한 갑을 주고 갔다. 뜻하지 않게 생긴, 더구나 미모의 여성에게 받은 담배 한 갑은 종일 마음을 뿌듯하게 했다. 하지만 그 기분은 오래 가지 못했다.

그날 저녁에 그녀는 담배를 빌려달라고 또 찾아왔다. 한 갑을 받았으니 안 줄 수도 없었다. 그 이후로 쌀독을 채우듯 떨어질 만하면 담배를 사다주고는 하루에 두세 번씩 찾아왔다. 빌려달라는 것이 아니라 맡겨놓은 것을 찾아가는 듯했다. 그럴 때마다 말없이 담배를 주었다. 담배가 없을 때 찾아오면 어떡하나 싶어 담배가 있는지 미리 확인하기도 하고 한 개비만 남았을 경우에는 피우지 않고 기다렸다가 그녀에게 주었다. 처음에는 담배 피우는 여자라는 사실이 큰 실망으로 다가왔지만 시간이 갈수록 피울 수도 있지 하는 생각이 들다가 차츰 피워도 된다는 쪽으로 마음이 변해갔다. 숨어 피우는 그녀를 위해 옥상에 올라가 망을 봐주기까지 했다.

담배를 빌려가기 시작하고 석 달이 되어가던 어느 날, 온다 간다 말도 없이 그녀가 사라졌다. 옥상에 여러 번 올라가보고 여성실 문 앞도 기웃거려 보았다. 혹시 자리를 비운 사이에 찾아오지나 않을까 하는 생각에 하루 종일 카운터 자리를 떠나지 않기도 했다. 그녀의 빈자리가 생각보다 크게 느껴졌다. 항상 찾아온 쪽은 그녀였기에 기다리는 수밖에 달리 방법이 없었다. 좋아한다고, 시험이 끝나면 대공원에 함께 가자고, 곧잘 친다고 했던 당구도 치자고, 그 동안 하고 싶었지만 건네지 못한 말들이 생각났다. 하지만 그녀는 끝내 나타나지 않았다. 사라진 그녀를 그리워하면서도 시간이 흐를수록 여자가 담배까지 피우고, 행실이 좋지 않은 여자 같으니 차라리 떠난 것이 잘 된 일이라며 스스로를 위로했다.

햇살이 따사로운 5월 어느 날, 입사 시험을 본 후 합격자 명단을 확인하기 위해 발표장으로 갔다. 게시판에 이름 대신 수험번호가 적혀 있었고 불행하게도 내 번호는 보이지 않았다. 혹시 잘못 찾은 것은 아닌지 수험표를 꺼내 들고 재차 확인 해보았다. 단체로 떨어뜨렸는지 앞자리에 '0'이 붙은 번호는 하나도 없었다. 허탈한 기분에 딱히 갈 곳도 없어 발길 가는 대로 무작정 걸었다.

지하철역 입구에서 계단을 막 내려서려 할 때 누군가가 나를 불렸다. 뜻밖에도 그녀였다. 어떻게 그곳에 있는지, 하필이면 오늘 같은 날 만나게 되는지 놀랍기만 했다. 하지만 그 생각도 잠시뿐, 너무 반가워서 포옹이라도 하고 싶었다. 그녀 역시 합격자 발표를 보러 왔고 명단에 없다고 했다. 그 말을 듣고 속 좁게도 다행이라고 생각했다. 깊은 한숨을 내쉬던 그녀가 담배를 달라고 했다. 지난 번처럼 말없이 담배 한 개비를 건네주었다. 우리는 지하철역 입구 계단에 걸터앉아 지나가는 사람들의 시선은 아랑곳하지 않고 담배를 피웠다.

그 길로 지하철을 탔다. 멀리 가지는 못하고 차표 검수 없이 상, 하행선을 갈아탈 수 있는 서울역에서 청량리역 구간을 수차례 오갔다. 다음날 아침에 눈을 떠보니 동생이 옆에 자고 있었다. 그녀와 함께 마신 과한 술로 어떻게 집을 찾아왔는지 기억이 나지 않았다. 그녀가 다시 독서실로 찾아올지 모른다는 나의 생각은 빗나갔다. 카운터에 비치된 자리배치도에서 확인하여 이름만 겨우 알고 있을 뿐 어디에 사는지도 몰랐다. 전에 만났을 때 연락처라도 물어봤어야 했는데 뒤늦게 후회가 되었다.

그 해 무더위가 시작될 무렵, 사내연수원에서 교육을 받았다. 앞에 붙은 '0'은 모두 제거하고 뒤 숫자만 적어 놓은 것을 몰랐던 나는 서신으로 합격자 통지를 받았다. 사회생활을 하면서부터는 가끔 술집에서 태연하게 담배를 물고 있는 여성을 보아도 대수롭지 않게 보였다. 오히려 담배연기 속에 그녀 모습을 그려보곤 했다.

사회생활 초년생으로 밤샘을 밥 먹듯이 할 무렵 어느 날, 전화 연락을 달라는 메모가 책상에 놓여 있었다. 그녀는 이듬해에 나와 같은 회사에 입사를 했다고 했다. 지방에서 근무를 시작한 나와는 반대로 미모 덕분인지 서울 본사 대우받는 부서에서 근무하고 있었다. 애인을 만난 것처럼 반가웠다. 그날 만나서 늦은 시간까지 담배갑을 탁자 위에 올려놓고 보란 듯이 맞담배를 피우며 이야기를 나누었다. 그녀의 미모는 여전했고 담배를 피우는 모습은 더욱 멋있어졌다. 그리고는 다시 만나자는 약속도 없이 헤어졌다. 근무하는 곳이 다를 뿐 같은 회사에 있으니 굳이 연락처를 알려고 하지도 않았다. 마음만 먹으면 언제든지 만날 수 있다는 생각에 가벼운 마음으로 헤어졌다.

아쉬움이 많이 남았지만 헤어지고 나서도 두어 번 전화로 안부를 묻는 것이 전부였다. 그녀의 모습을 까맣게 잊어갈 무렵에 명예퇴직을 하고 남편을 따라 캐나다로 이민을 간다는 메일을 받았다. 이별에 대한 아쉬움보다 차라리 잘되었다는 생각이 앞섰다. 그 후로 연락이 끊어졌다.

보내 온 메일이 요구하는 대로 친구 찾기 사이트에 들어가 친구등록을 하고 잘 지내는지 안부를 물어 보았다. 시간 나면 소주나 한잔 하자는 답신이 왔다. 먼 이국땅에 있는 그녀를 위로하기 위해 인연이 닿으면 그리하자고, 혹시라도 한국에 오면 연락하라고 휴대폰번호까지 적어서 답신을 보냈다. 뜻밖에도 그날 휴대폰으로 전화가 왔다. 어찌된 영문인지 그녀가 있는 곳이 서울이었다.

일사천리로 약속시간이 정해졌고 장소는 함께 줄담배를 피웠던 지하철역 입구였다. 뜻밖의 만남이 반갑기도 하고 얼마나 변했을까 궁금하기도 했다. 오십 중반에 들어선 나이지만 마음은 25년 전, 함께 줄담배를 피우던 그 시절로 돌아가 있었다. 숨겨 놓은 애인을 찾아가는 기분으로 조심스럽게 그곳에 나갔다. 막상 만나게 되자 통화할 때와는 달리 존댓말이 먼저 나왔고 낯설기까지 했다. 그녀도 같은 마음인지 눈길 둘 곳을 찾지 못하는 것 같았다. 소주잔이 서너 차례 오간 후에야 지나간 세월을 이야기할 수 있었다. 간간이 바라본 그녀 얼굴에 시들어가는 백합처럼 지나간 세월의 흔적이 선명하게 보였다. 하지만 담배를 피우는 모습은 여전히 멋이 있었다.

그녀와 헤어지고 돌아오는 길, 착잡한 내 마음을 알기라도 한 듯 추적추적 비가 내렸다. 헤어졌던 연인을 만난 것도 아닌데 안경 너머로 쏟아지는 빗줄기가 흐릿해 보였다. 늘 그랬듯이 우리는 다시 만날 날을 기약하지 않았다. 그저 어디에 살든 건강하게 지내기만을 바랄뿐이었다.

팥빙수

무더운 여름철 선풍기 앞에서 먹는 팥빙수 맛은 일품이다. 적당한 양은 시원하지만 욕심껏 많은 양을 입에 넣으면 얼얼하다 못해 사지가 몸서리치도록 저려온다. 식도를 타고 가슴 부위까지 내려와 다시금 전해오는 저림을 참기란 쉽지 않다. 팥빙수를 먹을 때면 먹는 둥 마는 둥 하게 했던 K라는 친구가 떠오르고, 그 친구를 생각하면 가슴을 저리게 했던 팥빙수가 생각난다. 가까이 하기 싫었지만 그렇다고 끝내 멀리 떨쳐버리지도 못한 친구다.

고등학교 때, 친구들은 종종 빵집에 드나들기도 하고 빵집에서 여자 친구들과 데이트를 즐기기도 했다. 나의 형편으로는 그런 일들은 사치였다. 어느 날 별로 친하지도 않은 K가 뜬금없이 생일이라며 빵집에서 팥빙수를 사달라고 했다.

친구 아버지는 장의사를 운영하고 있었다. 진열장에는 장례를 치를 때 쓰는 물건들이 가득했다. 나는 밖에서 그 집 안을 들여다보는 것조차 무서웠다. 그 앞을 지나갈 때도 큰길을 건너 멀리 돌아가거나 종종걸음으로 얼른 지나치곤 했다. 친구가 집으로 초대를 했지만 들어갈 자신이 없어 핑계를 대며 피했다. 독자라서 귀한 자식이기도 하지만 장의사를 운영하는 아버지가 돈을 많이 버는지, 씀씀이가 헤픈 친구는 나를 업신여기곤 했다. 언젠가 장사가 잘 되라고 집에서 가끔 굿을 한다는 말을 했다. 장의사가 돈을 많이 벌려면 죽는 사람이 많아야 한다. 나는 누구는 만수무강을 위해 빌고 누구는 빨리 저 세상으로 가주기를 빌고 있다며 공연한 트집을 잡았다. 그 동안 당했던 수모를 되갚을 생각으로 심하게 말한 것이다. 그 일로 우리는 더욱 피하고 싶은 친구가 되었다.

생일이라고는 하지만 무슨 이유로 가깝지도 않은 친구와 빵집에 가게 되었는지 기억에 없다. 빵집에 자주 드나드는 그는 빵이며 팥빙수 값이 얼마인지 잘 알고 있었겠지만 나는 값은 물론이고 앉은 자리마저 편치가 않았다. 앉자마자 친구는 팥빙수를 주문했고 나는 가격표를 보려고 주위를 살폈다. 근사한 빵집에서 팥빙수를 먹어보긴 처음이다. 그릇도 예쁘고 팥도 많고, 딸기며 쫄깃한 젤리까지 들어 있었다. 값이 얼마나 가는지 걱정되긴 했지만 체면상 물어볼 수 없었다. 리어카를 끌고 다니며 파는 빙수를 삼백 원에 사먹은 기억이 전부여서 고급스럽긴 하지만 설마하니 천 원이야 넘겠냐 싶어 가격표 살피는 일을 그만두었다.

얼음가루가 넘칠 듯 소복하여 비비는 일도 쉽지 않았다. 한참을 비빈 후에 빙수를 서너 숟가락 입에 넣었을 때 앞자리에 앉아 있던 학생들이 자리를 비웠다. 그러자 그들로 인해 가려져 있던 거울이 나타났고 거울 속에 진열장 유리에 붙여 놓은 팥빙수 가격표가 보였다. 2자 밑으로 동그라미가 세 개나 붙어 있었다. 둘이면 합이 사천 원, 호주머니에 가진 돈은 달랑 이천 원뿐이었다. 그 순간부터 달콤한 젤리가 무슨 맛인지, 입으로 먹는지 코로 먹는지 정신이 없었다. 친구는 이런저런 이야기를 했지만 무슨 말을 하고 있는지 귀에 들어오지 않았다. 나의 머리는 온통 팥빙수 가격으로 가득 찼다.

편하지 않은 친구라 사정 이야기를 할 수가 없었다. 2천 원 때문에 자존심을 버릴 수도 없는 노릇이었다. 앞으로 보지 않을 것도 아니고 골탕을 먹일 만큼 만만한 친구도 아니었다. 도망치듯 혼자 빠져나갈 수도 없었다. 그렇다고 누구를 부른다거나 어디서 돈을 구해올 처지도 못 되었다. 곁눈으로 살펴본 주인 아주머니의 인상도 나의 속내를 눈치챘는지 쌀쌀맞아 보였다. 친구에게 말할 수밖에 달리 방법이 없었다. 똥 마려운 강아지처럼 주춤거렸다. 함께 일어나긴 했으나, 자주 찾아오는 친구를 알아보고 아주머니가 이천 원이라며 카운터에 가기도 전에 말했다. 순간 우중충한 날씨처럼 어두워 보이던 진열장 유리 밖이 환해졌다. 차가워 보이던 아주머니 인상도 훈훈하게 보였다. 얼른 앞서 나가서 계산을 했다. 빵집을 찾는 주요 고객이 학생들이라 두 그릇을 한 세트로 해놓은 가격이었다. 추가로 빵을 주문하지 않은 것이 천만다행이었다. 빵집 문을 빠져나오며 이럴 줄 알았으면 맛나게나 먹을 걸, 하며 혼잣말을 했다. 친구는 영문도 모른 채 눈만 껌벅거렸다.

K는 공수부대 특전사로 지원한 후, 무릎을 다쳐 제대를 하였다. 그러기 전까지는 가까이 하기 싫은 친구였다. 나중에 들은 이야기로는 특전사로 지원한 동기가 나 때문이라고 했다. 나는 친구들 중에서 제일 먼저 군에 갔다. 첫 휴가를 나왔을 때 나는 벼슬이라도 한 것처럼 우쭐거렸고 곧 뒤따라가야 할 친구들은 그런 나를 많이 부러워했다. 그 친구 역시 그랬다. 내가 두 번째 휴가를 나왔을 때 그는 특전사의 상징인 베레모를 쓰고 첫 휴가를 나왔다. 나를 무시하는 듯한 태도는 여전했다. 하지만 친구가 제대할 무렵에 듣지 말아야 할 말을 전해 들었다. 훈련 중에 사고로 무릎을 다쳐 골수에 염증이 심해서 다리를 절단하지 않으면 생명에 지장이 있다고 했다. 그는 죽으면 죽었지 그럴 수 없다고 버티었다. 얼마 후 그의 어머님이 날 찾아와 오열하며 친구를 설득해달라고 부탁했다. 주위 친구들도 똑같은 부탁을 받고 병원에 다녀갔다고 했다. 나 역시 피할 수 없어서 옛날 일을 생각하며 팥빙수를 들고 찾아갔다.

친구는 그 와중에도 베레모를 쓴 사진을 보여주며 여전히 나를 무시하는 말투로 으쓱거렸다. 차마 다리를 어떻게 하라고 말할 수는 없었다.

그와 마주 앉아 팥빙수를 먹었다. 한 입 가득 찬 얼음가루를 문 것처럼 온 몸이 몹시 저려왔다.

개나리꽃 필 때면

처음 신문을 넣어달라는 연락을 받고 찾아간 그 집은 매일 다니는 코스에서 조금 떨어진 곳이었다. 마뜩찮았다. 허술한 대문에 '개조심'이라고 큼지막하게 써 붙였고 초인종이 고장났는지 몇 번을 눌러도 개 짖는 소리만 들릴 뿐 인기척이 없었다. 아침 나절에 소나기가 내리긴 했어도 시간이 많이 흘러 길바닥에 물기가 보이지 않아 개를 유난히 무서워하는 나는 문을 열어볼 엄두도 내지 못하고 대문 안으로 신문을 던져 넣었다.

돌아서서 몇 발자국 옮길 쯤에 쪽문 열리는 소리가 들렸다. "저기요!" 하고 부르는 소리에 뒤를 돌아다보니 교복을 입은 내 또래의 여학생이 젖은 신문을 든 채 서 있었다. 그녀는 언제나 문은 열려 있으니 물에 젖지 않는 곳에 놓아달라고 친절하게 말했다. 어른의 꾸중을 듣지 않게 된 것은 다행스러운 일이었다. 하지만 비에 젖은 채 다 해진 운동화를 신고 있는 내 모습이 창피하기만 했다.

그 후로 그 집에 갈 때면 언제나 조심스럽게 "신문이오!"라는 말과 함께 신문을 대문 앞에 놓고 나왔다. 어쩌다 그녀가 화단에서 화초에 물을 주거나 손질하다 나와 마주치면 신문을 직접 달라고 했다. 그럴 때면 짧은 시간이지만 가슴이 쿵쾅거리고 얼굴이 화끈거렸다. 뒤돌아 나오는 발걸음은 날아갈 듯이 가벼웠고 우중충했던 골목길도 환했다. 하지만 그녀가 보이지 않는 날은 공연히 맥이 풀렸다. 집안을 기웃거리며 훔쳐보다가 뒤돌아 나오는 걸음은 무겁기만 했다.

배달을 마치고 집으로 돌아올 때는 차비 대신 신문 한 부를 운전기사에게 주고 버스를 탔다. 어느 날, 마지막 남은 신문 한 부를 그녀의 집에 실수로 놓고 나오는 바람에 찾으러 가지도 못하고 걸어서 돌아오기도 했다. 요즘처럼 종이가 흔하지 않아 신문지마저 쓰임새가 다양하던 시절이라 다음날 만난 그녀는 신문을 일부러 놓고 간 줄 알고 고맙다며 인사를 했다. 그날 이후로 여유분 중 한 부를 항상 더 놓고 나왔다. 그 일로 그녀와의 거리가 한결 가까워진 것을 느꼈지만 그 이상은 나아가지 못했다.

이듬해, 식목일 행사용으로 모아 놓은 개나리 묘목을 얻어다 그녀의 환심을 사기 위해 담장 밑에 심어주었다. 그녀는 물 한 바가지를 들고 와 손을 씻으라며 내 손에 부어주었다. 손을 씻는데 그녀의 가느스름한 종아리가 눈에 들어왔다. 바가지를 든 예쁜 손도 보였다. 웃으며 다가온 그녀의 얼굴이 보고 싶었지만 굳어버린 고개가 말을 듣지 않았다. 바닥에 떨어진 물이 튈 때 그녀의 움직이는 발과 종아리를 곁눈질로 보았다. 처음으로 가까이서 본 하얀 여인의 피부였다. 그 이후로 서먹함이 조금 가셨다. 개나리꽃이 만발한 교정을 수채화로 그렸다는 이야기도 나누었다. 그녀 곁에 조금이라도 더 머물고 싶은 마음에, 왔던 길을 한참 되돌아가야 함에도 불구하고 그녀의 집을 배달 순서의 마지막으로 정했다. 어떤 때는 보고 싶은 마음에 한걸음에 달려간 적도 있었다.

담장 밑에 심어 놓은 개나리는 짙은 녹색을 띠며 잘 자라나 이듬해에 화사하게 핀 꽃을 그녀와 함께 볼 수 있을 것이라 생각했다. 하지만 꽃이 피기도 전에 그녀는 별 말 없이 이사를 가고 말았다. 예상하지 못한 헤어짐이었다. 얼마 동안 새 주인이 신문을 넣지 말라고 했지만 그곳에 그녀의 향기가 남아 있는 것 같아 신문을 놓고 잠시 머뭇거리다 오곤 했다.

뒷산으로 오르는 길목, 언덕 위에 있는 학교 담장에 봄 햇살을 받으며 개나리꽃이 가득 피었다. 개나리꽃을 보면 중년인 지금도 중학교 때 신문을 돌릴 때 만났던 풋풋했던 여학생 모습이 생각나곤 한다. 그녀를 위해 담장 밑에 심어 놓은 개나리도 해마다 이맘 때면 화사하게 노란 꽃을 피우고 있을까?

찔레꽃 향기

장모의 탈상일이다. 아내와 함께 장모가 꽃상여 타고 가셨던 곳으로 향했다. 집을 나서기 전부터 내리던 비가 도착할 때까지 멈추지 않고 계속 내렸다. 장모는 자식들과의 마지막 이별이 아직도 아쉬운 모양이다.

자식들을 위해 꽃상여 타는 날도 복사꽃 화사하게 핀 봄날로 고르더니 탈상도 모내기를 마치고 잠시 숨 돌릴 때 하게 하니 반 효자는 부모가 만든다고, 장모가 그러한 것 같다. 모내기를 끝낸 논에 넉넉히 비까지 내려주니 농사일을 하고 있는 처가의 사촌형제들이 어찌 고마워하지 않을까?

장인은 병으로 환갑이 되기도 전에 세상을 떠났다. 그 후로 자식들은 성장하면서 고향을 떠나 도회지로 나왔고 홀로 된 장모도 큰 처남 댁으로 거처를 옮긴 지 오래다. 아내가 어린 시절을 보냈던 처가는 가까운 사촌이 기거하고 지금은 선산에 모셔놓은 장인만 논밭을 내려다보고 있다.

형제들이 모두 모였지만 내리는 비가 좀처럼 멈추지 않았다. 할 수 없이 사촌 댁에서 제를 지내기로 했다. 젯상 앞에는 장인장모 영정이 나란히 놓여 있었다. 팔순을 넘긴 장모와 달리 장인은 한참 젊은 나이다. 요즘 여성들이 연하남을 선호한다고 하더니만, 나이 차이가 있어도 모습은 비슷해보였다. 일찍 서방님을 여의고 지금껏 자식들 수발을 하며 홀로 살아온 장모가 누릴 수 있는 호사인지, 이승에서 못 받은 서방님 사랑을 저승에서 맘껏 받고 있음을 보여주는 증표인지 어찌되었든 보기가 좋았다.

제가 끝나갈 무렵에 비가 멈추었다. 아무래도 장모가 우리를 그냥 보내는 것이 아쉬웠던 모양이다. 이미 제는 올렸지만 비가 멈추었으니 간단하게 인사라도 드리고 가자는 말에 모두들 장인과 합장한 장모의 묘를 찾아 길을 나섰다. 가는 길은 내린 비로 먼지가 말끔히 씻겨 주변 풍경이 맑고 선명했다. 돌다리 아래 흰 나비 되어 내려앉던 복사꽃잎은 흐르는 물을 따라 떠나고 이별을 아쉬워하는 물소리만 어렴풋이 들렸다. 하늘을 찌를 듯이 치솟은 잣나무 산길은 새벽 숲길처럼 고즈넉했다. 먼 산의 능선이 보이는 곳에는 미처 바람을 따라가지 못했는지 띠구름이 능선을 보듬고 있었다. 능선

끝자락에 흐르는 구름 사이로 간간이 보이는 주황색 송전탑이 하늘로 올라가는 사다리 같았다. 구름 속에 숨은 듯한 그곳이 장모가 하늘나라로 올라간 길이었나 보다.

능선을 따라 오른 묘 입구에는 큰 향나무 두 그루가 지키고 있었다. 잔디도 제법 자리를 잡았다. 좌우로 철쭉이 환한 꽃을 피워 장모를 배웅하고 이제는 푸른 잎으로 우리를 반겨주었다. 차려온 음식으로 간단히 제를 올리고 다시금 장모를 마음속으로 그렸다.

내려오는 길에 계속 들려오는 산새 울음소리가 발길을 멈추게 했다. 소리 나는 쪽을 살펴보았다. 저만치 하얀 찔레꽃이 가득 핀 넝쿨 속에서 산새가 폴짝거리고 있었다. 무너져 내린 흙담 밑에 쌓다만 참나무와 오솔길 건너 찔레꽃 넝쿨 사이를 두 마리 산새가 연신 오갔다. 술래잡기를 하듯 어느 한 쪽이 숨으면 찾으려 따라갔고, 찾으면 또다시 숨기를 반복했다.

얼마 전, 산 옆 식당에서 우연히 노란 두 마리 작은 새를 만났다. 나뭇가지 위에서 교대로 주위를 살피며 벽돌 구멍으로 먹이를 나르고 있었다. 벽돌 속에다 둥지를 틀어 들여다볼 수가 없었다. 그곳에서 휴대폰 카메라를 들이밀자 방랑객에게 포즈를 취해주던 새끼들이 생각났다. 혹시나 하는 마음으로 새끼들을 찾아보았다. 넝쿨 속을 들락거리는 산새 두 마리만 보일 뿐 어디에도 둥지는 보이지 않았다. 다른 친구들은 벌써 새끼를 치고 바쁘게 먹이를 나르고 있었다. 아마 혼기를 놓친 그 산새들은 이제야 짝을 찾아 사랑을 나누고 있는지도 모르겠다. 어쩌면 오래 전에 사별한 장인과 장모가 못 다한 정을 나누는 모습일지도 모른다는 생각이 들었다. 서둘러 자리를 피했다. 가족을 애타게 그린다는 찔레꽃 꽃말이 생각나서였을까. 온화하게 보이는 하얀 꽃송이가 생전의 장모 모습과 겹쳐 그윽한 향기를 뿜으며 한참을 따라왔다.

산을 내려와 모든 걸 정리하고 차에 오르자 또 다시 비가 내리기 시작했다. 아마도 이 비는 헤어짐을 아쉬워하는 장모가 흘리는 작별의 눈물인가 보다.

끌림

출근길에 전철에서 매일 만나는 여성이 있다. 그녀는 하루도 거르지 않고 책을 본다. 도대체 무슨 일을 하는 사람일까? 책을 읽으면서 형광펜으로 밑줄을 치거나 무언가 열심히 기록하는 것을 보고 처음에는 학생일 거라 생각했다. 하지만 30대 후반쯤 나이로 아무래도 학생으로 보기는 무리다. 책과 연관이 많은 대학교수나 교사 아니면 출판업에 종사하는 사람이 아닐까, 라는 생각도 해보았다. 배낭에다 쇼핑백 크기의 가방을 두 개씩이나 들고 다니는 것을 보면 그쪽도 아닌 것 같다. 조금 촌스러운 옷차림을 보면 더욱 그런 생각이 든다.

지금 근무하는 D시로 자리를 옮긴 지 한 달 가량 지났다. 하는 일은 변함이 없지만 출퇴근 방법이 승용차에서 전철로 바뀌었다. 집을 떠나 전철을 타는 곳까지 10분 가량 걸어야 하고 내린 역에서 사무실까지도 비슷한 시간을 걸어야 한다. 승용차를 타면 할 수 있는 것이 제한적이어서 음악이나 회화 강의, 또는 뉴스를 듣는 것이 고작이다. 하지만 전철을 타면 무엇보다 편안하게 책을 읽을 수 있어서 좋다. 출퇴근 거리가 멀어져서 잠시 불평했지만 시간이 많이 소요되는 불편함을 책 읽는 것으로 대신하니 조금이나마 위안이 된다.

전철을 타고 출근을 서너 번 하게 되자, 타고 내리는 위치가 한 곳으로 정해졌다. 전철에서 내리면 곧바로 출구를 향해 나갈 수 있는 곳이다. 자리도 지정석처럼 같은 자리에 앉게 된다. 매일 만나는 그녀도 나처럼 정해진 그 자리에 앉는다. 며칠 전, 늦잠으로 다음 열차를 타고 갔다. 우연이라고 생각하지만 같은 자리에 그녀가 또 앉아 있었다. 내가 그녀를 따라온 것도 아니고 그녀가 나를 따라왔을 리도 없다. 혹시 전생에 그녀와 무슨 인연이 있었던 것은 아닌지, 공연한 생각을 했다.

그녀의 외모가 주위 시선을 끌 만큼 예쁘지는 않다. 하지만 나는 그녀에게 자꾸만 눈길이 간다. 그녀는 전철을 타면 자리에 앉자마자 제일 먼저 손거울을 꺼내 든다. 그리고는 다른 한 손으로 열심히 화장을 시작한다. 고루 발라졌는지 거울을 쳐다보고 고개를 좌우로 돌려가며 확인한다. 앞자리에 앉아 있는 내가 힐끔거리며 보고 있다는 것을 알면서도 전혀 개의치 않는다. 오직 자신이 하고 있는 일에만 몰두한다. 화장이 끝나면 순서를 정해 놓은 듯 다음 행동을 한다. 묶었던 머리를 풀고 빗질을 한다. 나 혼자만 진행 과정이 궁금해서 흘끔거릴 뿐, 다른 사람들은 관심 밖이다. 손질이 끝난 머리 스타일은 처음과 달리 귀여운 사과머리로 바꿔진다.

립스틱을 바르거나, 마스카라로 눈썹을 치켜 올리는 것으로 마무리한다. 그쯤 되면 전동차는 출발역에서 도착역까지 거리의 절반쯤을 지나고 있다. 종착역이 가까워지고 있는지 손님이 점점 줄어 한적하다. 얼굴 치장이 끝난 그녀는 그때부터 신문을 보거나 책을 읽기 시작한다. 조용히 앉아서 보기도 하지만 어느 때는 앉은 자리가 불편한지 일어서서 본다. 책을 읽으면 항상 형광펜으로 줄을 긋거나 메모를 한다. 깨알 같은 글씨가 보이는 메모지로 눈길이 간다. 밑줄을 긋는 것은 그녀의 독서 습관일지도 모른다.

역에 도착하자마자 함께 내린 그녀가 보이지 않았다. 다음날 유심히 그녀의 움직임을 따라가 보았다. 그녀는 내리자마자 나와는 반대 방향으로 바삐 걸어갔다. 그녀가 골목을 돌아서 보이지 않을 때까지 물끄러미 지켜보았다. 그 후로 처음 지켜보았던 장소를 지나칠 때면 습관적으로 고개를 들려 그녀를 찾아보게 된다.

이른 출근길, 전철 안의 풍경은 다양하다. 스마트폰으로 뭔가를 하는 사람, 이어폰을 끼고 눈을 감고 있는 사람, 모자라는 잠을 보충하기 위해 자고 있는 사람, 드물게 신문이나 책을 보는 사람도 있다. 이제는 전철 안에서 화장하고 머리를 빗고 립스틱 바르는 여성을 보는 것이 낯설지 않다. 전철을 타고 출근하는 사람들의 일상적인 행동에 점점 익숙해지고 있다. 그녀는 화장만 하는 것이 아니다. 부스스한 얼굴로 플라스틱 통에 담아온 과일과 고구마를 아침 대용으로 먹기도 한다. 조심성 없이 쩝쩝거리며 먹는 모습이나 입을 하마처럼 크게 벌리고 하품하는 걸 보면 푼수기가 있거나 조금 모자라는 사람이 아닌가 싶기도 하다.

그날은 내 지정석에 사람이 앉아 있었다. 어쩔 수 없이 앉게 된 곳이 그녀와 마주보는 자리였다. 태연하게 책만 보려고 했지만 그녀의 행동이 바뀔 때마다 눈길이 갔다. 그녀는 여느 때처럼 치장을 하고 머리를 빗고 신문을 보았다. 치장이 끝날 때까지만 해도 푼수라는 단어가 머릿속에 맴돌았다. 하지만 그녀가 보고 있는 신문을 보는 순간, 그 생각이 일순간에 사라졌다. 그녀가 읽고 있는 신문이 영자신문이었다. 옆에 영문 서적도 보였다. 순간 그녀의 이미지가 180도 바뀌어버렸다. 조심성 없이 음식을 먹는 모습이나 푼수기 있다고 생각한 행동은 개방적이고 꾸밈이 없는 활달한 성격 때문일 것으로 여겨졌다. 촌스럽다고 생각하던 옷차림은 오히려 수수하고 검소해보였다. 차장 밖에서 들어온 아침햇살을 받은 그녀의 모습이 화사하게 보이기까지 했다. 내 마음이 어디로 흘러가고 있는지 종잡을 수가 없다.

복수의 재구성

사무실 책꽂이에 업무용 서적과 함께 수학책 한 권이 꽂혀 있다. 그 책은 문제를 풀기 위해서라기보다는 묻혀 있던 기억을 상기하며 흐트러진 마음을 다잡을 때 사용하는 회초리 역할을 한다. 수학책을 보면 고등학교에 입학하고 두 번째로 맞은 수학 시간이 떠오른다.

수학 시간 하면 고리타분한 늙은 선생님을 연상하게 되지만 그날 만난 선생님은 작은 키에 불면 날아갈 듯한 가냘픈 체형의 젊은 여자 선생님이었다. 선생님은 수업 시간에 볼펜을 돌리지 말라고 했다. 돌리다 떨어뜨리는 애들이 많아 수업에 방해가 된다는 이유였다. 하지만 모두들 습관적으로 볼펜을 돌렸다. 능숙하게 돌리는 데까지는 많은 시간과 연습이 필요했다. 그러다 보니 수업 시간에 볼펜을 돌리다 떨어뜨리는 애들이 많을 수밖에 없었다.

볼펜을 돌리지 말라고 선생님은 첫 수업부터 경고조로 말했다. 불행하게도 나는 집안 사정으로 첫 수업을 듣지 못했다. 두 번째 맞는 수업 시간에 그 사실을 알지 못한 나는 태연하게 볼펜을 돌렸다. 선생님은 서너 번 예사롭지 않은 눈빛으로 나를 쳐다보았다. 영문을 모르는 나는 능숙하게 볼펜 돌리는 내 모습을 신기하게 보는 것 같아 나 보라는 듯 더 멋있게 돌려댔다.

잠시 후, 선생님은 날카로운 목소리로 "중간에 안경 쓴 학생 이리 나와!"라며 손짓했다. 좌우를 살펴도 안경 쓴 사람은 나뿐이었다. 나는 멈칫거리며 교단 앞으로 나갔다. 다른 아이들은 불러낸 이유를 알고 있는지 모두들 조용했다.

교단 앞에 이르자 수업 시간에 볼펜을 돌리지 말라고 하지 않았냐며 손바닥을 내밀라고 했다. 그리고는 출석부로 손바닥을 내리쳤다. 내리쳤다기보다 출석부를 위에서 아래로 내리꽂았다. 하지만 크게 아픔을 느끼지 못했다. 반 아이들에게 대수롭지 않다는 것을 보여주고 싶은 마음에 나도 모르게 웃고 말았다. 그것이 화근이었다. 선생님은 다시 손을 내밀라고 했고 연속으로 내리쳤다. 사태가 예사롭지 않음을 감지하고 그제야 몹시 아픈 시늉을 했지만 소용이 없었다. 그렇게 시작한 체벌은 끝나는 종소리가 울릴 때까지 계속되었다. 새로 만든 출석부 겉표지가 휘어질 정도였다. 맞은 숫자를 세라고 했지만 오십이 넘어 갈 즈음 그만 울고 말았다. 손바닥이 아파서라기보다는 창피하고 수치스러워서였다. 그날 하루가 어떻게 지나갔는지 기억이 없다. 그 후로 선생님을 보면 피해 다녔다. 복도에서 선생님 모습이 보이면 뒤돌아 보이지 않는 곳에 숨었다가 가기도 했다. 얼마간은 꿈속에서도 피해 다녔다.

중학교 때부터 등하교 길을 함께 하던 친구가 있었다. 그는 같은 반의 반장이었고 공부도 썩 잘했다. 체격도 좋아 중학교 때 질 나쁜 아이들로부터 나의 바람막이가 되어주기도 했다. 친구는 나에게 복수를 하라고 했다. 그 말을 듣는 순간 마음은 벌써 어디서 어떤 방법으로 복수를 할까 궁리하고 있었다. 요즘처럼 자가용이 흔치 않은 시절이라 선생님들도 버스를 타고 다녔고 정류장에서 학교까지 골목길을 한참 걸어야 했다. 마음만 먹는다면 퇴근 시간에 야음을 틈타 얼마든지 나쁜 짓을 할 수도 있을 것 같았다. 하지만 마음뿐 용기가 나지 않았다. 그럴 만한 용기가 있었다면 끝나는 종이 울릴 때까지 맞지도 않았을 것이다.

그런데 친구가 말한 복수는 그런 유치한 방법이 아닌, 수학 시험에 최고점수를 받아보라는 것이었다. 수학을 잘하면 선생님이 함부로 대하지 않을 거라는 당연한 말로 잘난 척을 했다. 중학교 때 수학은 곧잘 했잖아, 라며 부추기기까지 했다. 하지만 성적이 하위권인 내게는 말도 안 되는 소리였다. 친구가 말한 나의 수학 성적은 학기 초에 반짝 공부를 할 때였다.

며칠 뒤, 신문을 돌리다가 골목길에서 퇴근하고 있는 선생님과 마주쳤다. 선생님도 나를 보고 깜짝 놀라는 눈치였다. 나는 지난 번 체벌하던 모습이 뇌리를 스쳐 고개를 돌리고 말았다. 손에 들려진 신문을 본 선생님은 신문 돌리는구나, 라며 미소를 지었다. 그 모습이 신문이나 돌리는 주제에, 라고 비웃는 것처럼 보였다. 이런 모습을 보일 수밖에 없는 내 자신이 너무 창피했다. 그 순간을 빨리 벗어나고 싶었다. 잠시 선생님의 향기가 코끝을 스치는가 싶더니 수고하라는 말과 함께 어깨를 토닥거려주고는 사라졌다. 집으로 돌아오는 내내 선생님의 향기가 나를 따라다니는 듯했다.

다음날 수업 시간에 선생님과 눈이 마주쳤다. 선생님은 환한 미소를 지었다. 나는 창피한 생각이 들어 얼른 고개를 숙였다. 하지만 그날 수업이 끝날 때까지 의자 위에 붕 떠 있는 기분이었다. 골목을 지날 때에도 선생님을 다시 만나지 않을까 하는 기대감마저 들었다. 골목길을 벗어날 때까지 혹시나 하는 마음으로 서너 번 뒤를 돌아보기도 했다.

그날 이후 친구의 말처럼 나는 복수를 결심했다. 좋아하는 수학 선생님께 신문이나 돌리는 어쩔 수 없는 아이라는 말을 듣고 싶지 않았다. 높은 점수로 내 자신을 알려주고 싶었다. 하지만 암기 과목도 아닌 수학을 상위권으로 끌어올린다는 것은 힘든 일이었다. 이를 악물고 공부에 몰두했다. 저녁마다 친구를 찾아가 귀찮아 할 만큼 매달렸다. 책에 나온 문제와 풀이는 물론 답을 달달 외웠고, 예상문제를 풀고 또 풀었다. 다른 과목은 제쳐놓고 오로지 수학에만 매달렸다. 그리고 드디어 첫 시험을 치렀다.

선생님은 시험 결과를 발표했다. 상위권에 든 학생 이름을 차례대로 부르며 자리에서 일어나라고 했다. 노력한 만큼 성적이 나오지는 않았지만 내 이름도 불렀다. 모든 시선이 나에게 집중되었다. 체벌을 당하던 지난 번과는 달리 반 아이들이 부러워하는 눈치였다. 나도 모르게 어깨가 으쓱해졌다. 선생님도 예상 밖이라는 표정이었다. 앞뒤 자리에 앉은 사람들 중에 나보다 더 높은 점수는 없었다. 선생님은 곧잘 하네, 하면서도 여전히 미심쩍은지 중학교 때 수학을 잘했냐고 묻기까지 했다.

다음 사람을 호명하기 전에 지난 번 체벌이 생각났는지, 선생님은 너만은 특별히 수업 시간에 볼펜을 돌려도 좋다고 했다. 곧잘 한다는 말을 듣는 순간 뿌듯했는데 특별한 대우까지 받는다는 것이 기분 좋았다. 기쁨을 참기가 힘들었다. 최고가 되어야 인정을 받을 수 있고 남들이 누리지 못하는 혜택을 누릴 수 있다는 이치를 처음으로 깨달은 순간이었다. 선생님의 지속된 관심을 받기 위해서라도 지금의 위치를 지키고 싶었다. 수학만큼은 상위권을 유지하려고 노력했다.

사회생활을 하면서 힘들고 어려운 일이 생기면 수학 공부를 하던 그때를 떠올린다. 때로는 시험 준비를 하듯 집중해서 문제를 해결해보기도 한다. 그때마다 거짓말처럼 새로운 용기가 샘솟는다.

깻잎을 닮은 그녀

휴일 오후, 잔잔한 감동을 주는 멜로드라마를 찾다가 보게 된 것이 〈행복〉이라는 영화다. 한 남자가 무분별하게 마신 술로 병을 얻어 주변을 정리하고 요양원을 찾아간다. 요양소 들어가는 입구, 버스 정류장 앞 구멍가게에서 소주 한 병을 사든 그는 평상에 앉아 있는 한 여인을 만난다. 그녀에게 코미디 같은 행동으로 수작을 부린다. 찾아간 요양원에서 그녀를 다시 만나게 되고 서로 사랑하게 된다. 그녀 또한 내일을 알 수 없는 큰 병을 앓고 있다. 사랑하는 사람과 함께 지내는 것을 행복이라 여기는 소박한 여인이다.

영화를 보면서 내용보다는 두 무릎을 세우고 평상에 쪼그리고 앉아 있는 여자 주인공의 모습에 관심이 갔다. 그녀는 내가 아는 그녀와 이미지가 비슷했다. 아담한 키, 귀 밑으로 살짝 파마를 한 짧은 머리, 병자이긴 하나 상큼해 보이는 그녀의 모습은 영화를 보는 줄곧 나를 남자 주인공으로 착각하게 만들었다.

그들은 성치 않은 몸이지만 요양소를 떠나 조그마한 집을 얻어 전원생활을 시작한다. 그곳에서 남자는 여자의 지극한 보살핌으로 병 상태가 호전된다. 그쯤, 남자의 전 애인이 찾아와 병들기 전 생활로 되돌아가자고 한다. 현란한 도시생활의 유혹을 이기지 못한 그는 술의 힘을 빌려 그녀에게 놔주기를 원한다. 순간 그녀는 "개새끼야 내가 너한테 어떻게 했는데"라며 울부짖는다. 남자에 대한 배신감도 크지만 그것은 그녀의 마지막 행복을 지키려는 몸부림으로 보였다. 그녀는 다음날 아침, 태연한 척하며 여행 가방에 옷가지를 챙겨 내쫓듯이 그를 보내준다.

나를 키다리아저씨로 생각하는 그녀가 얼마 전 모든 인연을 정리하려는 듯 손으로 쓴 편지 한 통을 건네주고 떠났다. 읽고 난 편지를 들고 한참 동안 멍하니 바라보았다. 지나온 날들이 주마등처럼 뇌리를 스쳤다. 그녀는 오랫동안 일기장 속에서 글을 쓰던 나를 세상 밖에서 노닐 수 있도록 이끌어준 사람이다. 그녀는 보잘것없는 내 글을 읽고 언제나 용기를 주었고 칭찬을 아끼지 않았다. 그래서 더욱 힘을 얻을 수 있었다. 칭찬은 고래도 춤추게 한다고 나를 수필이라는 장르 속에서 춤추게 한 사람이 그녀다.

그녀는 깻잎 같은 여인이다. 깻잎은 톡 쏘는 향기로 고기집에서 상추만큼이나 필요한 존재이며 육류 고유의 냄새를 희석하기 위해 없어서는 안 될 필수 재료다. 먹을 것이 넉넉하지 못했던 어린 시절, 깻잎 순에 양념간장을 넣고 비비기만 해도 훌륭한 반찬이 되었다. 된장 속에 박아놓은 깻잎은 가난한 농부집 밥상에 참으로 고마운 반찬이었다. 그녀는 친인척도 아닌, 우리 삼형제와 모두 알고 지낸다. 몇 년째 잡초 무성한 산 밑 밭에 함께 들깨를 심자고 그녀는 제안했다. 형제들의 마음을 모아주기도 하는, 내게 없는 작은 리더십 또한 있었다. 밭을 일구고 모종을 하고 물을 주고 김을 매면서, 흐트러진 형제간의 우애를 다잡을 수 있게 해준 사람이기도 하다.

깻잎을 옆으로 세워보면 칼날같이 날카로워 보이듯 그녀는 끊고 맺음이 확실하다. 그렇지 못한 나를 우유부단하다며 못마땅하게 여기기도 했다. 거친 남성들이 주로 사용하는 의리를 매우 중요하게 여겼다. 그녀가 쓴 글 중에는 누구에게도 먼저 배신하지 않는다고 맹세를 하듯 쓴 구절이 있다. 믿음이나 의리를 저버리는 것을 배신이라고 한다. 그래 놓고 저렇게 돌아서서 가는 사람에게 과연 믿음을 가질 수 있을까, 적어도 지금의 상황은 내가 아닌 그녀가 먼저 의리를 저버리고 떠나는 것이다.

영화 속의 남자는 방탕한 도시생활로 돌아가 병이 다시 깊어진다. 다시 병원에 입원해 생활하던 중 요양소 원장으로부터 그녀가 죽어가고 있음을 전해 듣는다. 같은 처지였지만 예전에 했던 약속을 지키기 위해 그녀가 있는 병원으로 찾아간다. 마지막 가는 길을 옆에서 지켜주고는 함께 약초를 뜯으며 행복해 했던 들판으로 찾아가 그녀를 바람에 날려 보낸다. 그리고는 그녀를 만나러 가듯 지난 번 그 요양소로 다시 돌아간다.

모든 것을 놓고 떠나버린 영화 속 여자 주인공과 달리, 그녀는 심고 나면 알아서 자라는 들깨처럼 생활력이 강했다. 적어도 삶에 한해서는 긍정적인 사고를 가진 여인이다. 힘들어 했던 그녀를 오랫동안 지켜보았다. 어둠 속에서 빛은 희망이다. 그녀가 긍정적인 마음으로 빛을 찾지 않았다면 그녀는 더욱 어두운 나락으로 떨어졌을 것이다. 힘든 현실은 회피하면 할수록 더욱 자신을 비참하게 만든다고 한다. 피할 수 없다면 즐기라는 말도 있다. 그녀는 보란 듯이 다시 일어섰다. 그녀 주위에는 따뜻한 촛불이 의외로 많았다. 하지만 그녀는 그 동안 주위가 너무 밝아 그 불빛을 보지 못했나 보다. 그 동안 보이지 않았던, 자신을 향한 따뜻한 촛불들을 이제야 느꼈을 것이다. 우리 형제도 그녀에게 촛불이기를 바란다.

긴 터널에서 빠져 나온 그녀는 요즘 예전에 운영하던 화원을 되찾아 환상적인 비상을 하고 있다. 봄날처럼 화사한 화원 속의 꽃이 되었다. 먼 발치에서 바라본 그녀의 미소 띤 얼굴에서 행복이 엿보였다

그녀에게 메시지를 보내 봐야겠다. 함께 심어놓은 들깨가 어느새 무릎 높이까지 자랐다고.

코딱지와 꺼벙이

유행에 민감한 것이 선글라스만은 아니다. 시력이 좋지 않아 쓰는 안경도 유행을 따진다. 유행에 따라 안경테 종류가 다양하게 변했지만 나는 뿔테 안경만을 고집하며 쓰고 있다. 새로 맞출 때마다 유행하는 디자인으로 테를 바꿔볼까라고 마음먹어 보지만 매번 뿔테를 다시 선택하게 된다.

안경을 쓰기 시작한 것은 고등학교 때부터였다. 책을 많이 읽어서도, 공부를 열심히 해서도 아니다. 흐릿하게 보이는 칠판 글씨 때문에 필기에 지장이 있어서 쓰기 시작했다. 다가오는 사람을 빨리 알아보지 못하는가 하면 인사를 놓치거나 늦게 해 예의 없다는 말을 듣기도 했으며 얼굴을 찡그리고 보는 버릇 때문에 인상 쓴다는 오해를 받기도 했다.

안경을 쓰면서 얻은 별명이 많다. 안경, 사이클, 꺼벙이, 메뚜기, 꼰대 등, 학교생활을 하는 동안 이름보다 별명을 더 많이 들은 것 같다. 사회 초년생일 때 상사가 불렀던 사이클이란 별명은 지금까지도 뇌리에 각인되어 주위에서 비슷한 말이 들리면 소리가 나는 방향으로 고개를 돌리곤 한다. 요즘은 멀리 있는 동창을 찾아가지 않으면 정겨운 어릴 적 별명을 듣고 싶어도 들을 수가 없다.

사무실에서 가까운 곳에 '꺼벙이'라는 간판을 걸어놓은 호프집이 있었다. 여주인을 마음에 두고 찾아간다는 오해를 받으면서도 가끔 혼자서 들르곤 했다. 그곳에 가면 꺼벙이라는 별명을 붙여준 '코딱지' 녀석을 만날 수 있을 것 같아서였다. 만나면 꼭 물어보고 싶은 말이 있었다. 하지만 수소문 끝에 그 친구의 근황을 알게 되었을 땐 이미 불의의 사고로 세상을 떠난 후였다.

그는 교실 뒷자리에서 거들먹거리는 덩치 큰 친구였고 콧구멍 밑에 표 나게 검은 사마귀가 있었다. 주위 친구들은 그를 '코딱지'라고 불렀다. 별명을 싫어하는 나는 다른 친구들에게 별명을 부르지 않았는데 그날은 그 친구에게 왜 '코딱지'라고 불렀는지 모르겠다. 다들 부르는 별명을 딱 한 번 불렀을 뿐인데 그날, 그 친구에게 엄청 얻어맞았다. 그리고 내게 붙여진 별명이 '꺼벙이'였다. 녀석에게 맞으면서 안경은 어디론가 날아가고, 나의 핸디캡인 팔자 눈썹을 가려주던 두꺼운 안경테가 없어지자 꺼벙하게 보였을 것이다. 지금도 길거리에서 '꺼벙이'라는 간판을 보게 되면 '코딱지'가 떠오르고 나도 모르게 안경이 제자리에 있는지 만져보게 된다.

우리 집에는 둘째 딸과 초등학교에 다니는 막내 녀석이 안경을 쓰고 있다. 어린 막내만은 안경을 쓰지 않기를 바랐다. 쓰게 되더라도 고학년이 된 후였으면 했다. 하지만 멀리 있는 사람을 볼 때, 미간을 찌푸리고 째려보듯 하는 버릇이 생겨 그대로 둔다면 습관으로 굳어질 것 같아 안경을 맞추어 주었다. 막내가 처음 안경을 맞추었을 때, 일주일도 못 채우고 장난치다 안경다리 한 쪽이 부러졌다고 남은 다리 하나로 귀에 걸고 들어와 집안을 한바탕 웃음바다로 만들었다.

막내는 지금도 안경 관리를 잘못해 친구들과 장난을 치다 안경을 부러뜨리는 일이 부지기수다. 고등학생인 둘째 딸은 다르다. 안경을 패션의 일부로 생각하는 듯하다. 멀쩡한 안경을 반 년을 채우지 못하고 새로 맞추려고 한다. 요구를 들어주지 않으면 용돈을 모아 직접 맞추어 쓰고 다닌다. 어느 날, 안경을 쓰지 않고 외출하는 딸에게 안경은 어떡했냐고 물었더니 렌즈를 끼었다고 대답했다. 전혀 예상치 못했던 일이다. 렌즈 가격이 저렴해졌나 보다. 그날 이후로 간혹 까만 눈동자가 갈색으로 변하기도 했다. 내 눈을 의심했지만 아내도 분명 그리 보였다고 했다. 딸아이는 우리 부부를 색깔이 들어간 렌즈를 모르는 시대에 뒤떨어진 사람으로 취급했다. 그 동안 다양한 색상의 안경테를 고른 것으로 보아 조만간 일곱 빛깔 무지개 눈동자를 고루 보게 될 것 같다.

얼마 전에 함께 근무하는 직원이 라식 수술을 하여 안경을 벗었다며 만족스러워 했다. 수술하는 것도 동공 상태에 따라 달라서 아무나 할 수 없다는 것을 강조했다. 하지만 나는 안경을 계속 쓸 생각이다. 안경 쓰는 것을 좋아해서가 아니라 잘나지 못한 내 얼굴을 안경 뒤로 숨기고 싶은 마음이 크기 때문이다. 투박한 뿔테를 고집하는 이유도 이와 다르지 않다. 아침저녁으로 세수를 할 때 거울로 안경을 벗은 내 얼굴을 본다. 화장을 지운 미녀들의 민낯을 보듯 내 모습이 조금 낯설어 보인다. 어찌 보면 나에게 안경은 얼굴에 바르는 화장품과 같은 것이다.

오십 중반에 들어선 요즈음은 내 외모에 대해 말하는 사람이 별로 없다. 그럼에도 뿔테에 대한 고집은 여전히 버리지 못하고 있다. 그 동안 가졌던 외모에 대한 콤플렉스의 연장선인지, 새로운 변화에 대한 두려움인지, 어느 것이라고 단정 지을 수 없지만 더해가는 나이와 함께 숨겨 놓은 본심이 변해가고 있음이리라.

주인 잃은 탁상 달력

새해 첫 출근, 밤 사이에 내린 눈으로 세상이 온통 하얗다. 흡연 장소에서 내려다보이는 맞은 편 건물 옥상에 내다버린 생활쓰레기도 하얀 눈으로 덮여 있다. 하지만 울퉁불퉁한 형태가 남아 있기 때문인지 눈 속에 숨겨진 너저분한 모습이 떠오른다.

해마다 12월은 한 해를 마무리하고 새해를 맞이하느라 들뜬 기분으로 분주하게 보냈으나 지난 해 마지막 달은 유난히 힘든 나날이었다. 내린 눈이 세상을 하얗게 덮어버리듯이 그때의 힘들었던 기억도 눈으로 덮어버리고 싶다.

사무실 기운은 싸늘하기만 하다. 빈 책상에 12월을 가리키고 있는, 해 지난 탁상 달력이 어느 날 갑자기 사라져 돌아오지 않는 주인을 기다리고 있다. 긴 터널이라고 말했던 외환위기 때보다 더 많은 동료들이 탁상 달력이 가리키고 있는 달에 몸담았던 회사를 떠나야 했다. 빈자리에 놓인 달력 주인도 몇 날 며칠을 고민하다 그들과 함께 떠났다. 떠나는 사람들은 많이 아쉬워했고 남아 있는 사람들은 그들이 우리들을 위해 대신 떠나주는 것처럼 미안해 했다.

1990년대 후반 외환위기 때부터 많은 선배들이 명예퇴직으로 회사를 떠났다. 그럴 때마다 나와는 상관없는 일로 강 건너 불구경하듯 했다. 나도 지금은 그때 선배들 나이에 접어들어 '그날'이 점점 다가옴을 느낀다.

정원을 초과한 배로는 높은 파도를 헤쳐 나갈 수 없고 오히려 모두 침몰하고 말 거라는 논리로 원하는 사람에 한해서 명예퇴직을 시킬 것이라 했다. 하지만 본인 의사보다는 금융위기로 인한 구조조정 차원으로 대부분 연봉이 높고 나이가 많은 장기 근속자들이 대상이었다. 그 중에는 근무 성적이 좋지 않은 젊은 직원도 한둘 포함되었다.

그들은 지금 하고 있는 일을 천직이라 여기며 자랑스러워 했다. 청춘을 바쳐 열정을 다한 회사를 누구보다도 사랑했고 가족보다 더 많은 시간을 함께하며 평생직장이라 생각했다. 하지만 결국 회사 방침에 따라 등 떠밀리듯 나가야만 했고 마음의 준비를 하기에는 시간이 촉박했다. 떠나는 이들은 그만큼 힘들어 했다.

한참 일할 나이인 사십 후반의 K씨, 자식이 둘이나 대학에 다닌다며 먹고 살기 힘들다고 하던 L씨, 명예퇴직을 권유 받을 거라는 생각을 꿈에도 해보지 않은 C씨에게 퇴직을 권유해야 한다는 것은 너무 힘들고 가슴 아픈 일이었다. 특히 고3 수험생 아들을 둔 P씨는 더욱 가슴을 아프게 했다.

P씨는 나와 비슷한 나이지만 입사가 빠르다는 이유로 장기 근속자로 분류되었다. 내 딸아이처럼 그의 아들도 대학 입시를 준비하고 있었다. 아이들 이야기를 나누다 보니 자연스럽게 퇴근길에 함께 술 한 잔 하는 날이 많았다. 가끔은 직위 고하를 떠나 친구 같은 느낌이 들기도 했다. 아이들이 시험 보기 전날, 원하는 학교에 들어가기를 기원하며 서로 엿을 사주기도 했다. 그런 그에게 퇴직을 권유할 용기가 나지 않았다. 몇 번 마주했지만 그럴 때마다 아이들의 대학 입시에 대한 이야기만 나누었다. 입학할 학교가 정해진 내 딸아이와는 반대로 주말마다 아들과 함께 입학 원서를 넣기 위해 지방대학을 찾아다닌다는 말에 더욱 말문을 열 수가 없었다. 그저 명예퇴직 권유기간으로 정해진 12월이 빨리 지나가기를 바랐다.

크리스마스를 며칠 앞둔 어느 날, 상부로부터 전화가 왔다. 그를 내보내지 못하면 조직관리 무능력자로 당신이 대신 나가야 한다고 했다. 가끔 선배들이 농담을 섞어 경험담으로 들려주었던 얘기다. 예사롭게 들었던 그 말을 직접 듣는 순간 눈앞이 캄캄해져 왔고 귀에서 윙윙거리는 이명이 들렸다. 말도 안 되는 소리라고 되받아치고 싶었지만 마음뿐이었다. 아이들이 아직 어리니 명예퇴직은 꿈도 꾸지 말라며, 단호하게 말을 하면서도 한편 애원하는 표정을 짓던 아내 모습이 떠올랐다. 어린이날 야구장에 가자고 보채는 늦둥이 막내 녀석도 뇌리를 스쳐갔다. 내가 살기 위해서는 수단과 방법을 가리지 않고 그를 설득해야 한다는 생각뿐이었다. 수화기를 내려놓고 앞에 놓인 탁상 달력을 바라보았다. 빨리 지나가기를 바랐던 12월이었는데 그를 설득하려 하니 너무 짧게만 느껴졌다.

결국 그에게 운을 떼었다. 명예퇴직 대상자라는 말을 끝맺기도 전에 "비슷한 나이에 왜 내가……"하며 원망스러운 표정을 지었다. 나보다 두어 살 적은 나이로 충분히 이해가 가는 말이었고 예상했던 바였다. 하지만 타협의 여지도 없고 양보할 수 있는 처지도 아니라는 것을 서로 잘 알고 있었다. 시간이 갈수록 그 동안 좋았던 감정은 흐려져만 갔고 불편함만 더해 갔다. 차츰 설득이 아닌 강요로 변해갔다. 일이 마무리될 때까지 그는 나와 눈도 맞추지 않으려 했다. 마주치는 것조차 피했다. 나 역시 그가 결정을 하고 난 후에는 똑바로 그의 얼굴을 쳐다볼 수가 없었다,

그가 떠나던 날, 비어 있는 그의 책상이 보였다. 한숨이 절로 나왔다. 너무 힘겨운 시간이었다. 남은 것은 긴 고통과 마음의 상처뿐이었다. 모든 것이 끝났다는 안도감도 들었다. 그때, 휴대폰 벨이 울렸다. 그 동안 상부로부터 결과에 대한 확인 전화를 수차례 받았다. 그때마다 벨이 울리면 긴장되고 불안했다. 하지만 이제는 모든 것이 끝이 났다. 얼른 전화를 받으려고 휴대폰을 들었다. 뜻밖에도 창에 P씨 이름이 떠 있었다. 어떻게 해야 할지. 나를 원망하고 있을 터인데 무슨 말을 해야 할지. 울리는 휴대폰을 들고 받지 않는 나를 향해 직원들의 시선이 모아졌다. 난 서둘러 밖으로 나갔다. 망설이

다 용기를 내어 통화 버튼을 눌렀다.

그는 원하는 대학에 들어간 내 딸아이를 축하해주었다. 오히려 그 동안 고마웠다며 나를 위로해주었다. 축하한다는 그의 말에 고맙다는 말을 하고 싶었다. 그의 아들 일은 잘되었는지 궁금했고, 회사의 방침이니 나로서는 어쩔 수 없었다는 변명도 하고 싶었다. 그동안 수고했다는 인사말도 하고 싶었다. 하지만 죄책감 때문인지 입안에서 맴돌 뿐 한 마디도 하지 못했다.

그가 놓고 간 탁상 달력이 저만치 책상 위에 덩그러니 놓여 있다.

"김 대리! 빈자리 책상 정리 좀 하지!"

빈자리에 새로운 직원이 희망을 가지고 곧 찾아올 것이다. 그리고는 자신의 희망과 꿈을 새로운 탁상 달력에 그려갈 것이다.

Part 4

아들의 안경

오늘도 막내의 안경알은 뿌옇다. 명예퇴직을 할 것인지 말 것인지, 어떤 선택이 정답인지 나는 물론 누구도 알지 못한다. 확실한 건 나의 선택이 막내의 뿌연 안경알을 마음 놓고 닦아줄 수 있는 것을 최우선으로 할 것이라는 사실이다.

콩깍지

결혼하고 얼마 되지 않은 어느 날 새벽, 본가에 급한 볼 일이 있어 아내와 함께 택시를 타게 되었다. 택시 기사는 뒤를 돌아보며 두 분이 나이 차이가 많이 나 보인다고 말하고는 혹시 옆에 앉은 분이 본처가 맞느냐고 물었다. 아내는 피식 하고 웃었지만 나는 기분이 좋은 건지 나쁜 건지 분간이 가지 않았다. 택시 기사는 대답이 없는 우리를 룸미러로 가끔씩 쳐다보면서 고개를 갸우뚱했다.

"별 사람 다보겠네."

집 앞에 도착한 나는 택시에서 내리면서 중얼거렸다.

이마에 깊게 자리잡은 주름이나 입가의 팔자주름 때문에 대부분의 사람들은 나를 나이보다 많게 보는 반면, 나보다 네 살 아래인 아내는 또래보다 어리게 본다. 그 때문에 아내와 나는 나이 차이에 대한 오해의 시선을 피할 수가 없었다. 그나마 다행인 것은 오십 줄로 들어선 후로는 오랜 만에 만나는 사람들한테서 옛날 모습 그대로라며 늙지도 않는다는 기분 좋은 인사말을 곧잘 듣는다는 것이다. 거울을 들여다보면 나이에 걸맞게 머리숱이 빠져 이마가 넓어지고 탄력을 잃은 눈가에도 주름이 늘고 있다. 그들이 듣기 좋으라고 하는 말이라는 것을 알면서도 남들보다 미리 늙으니 좋은 점도 있구나, 하며 거울을 향해 빙긋이 웃어본다.

결혼을 앞두고 처가에 인사차 들렀을 때 나의 외모를 두고 말이 많았다. 나중에 아내에게 그 말을 듣고 나는 거울을 보면서 잠시 우울했었다. 처가식구들은 아내의 눈에 콩깍지가 씌었다느니, 제 눈에 안경이라고 하더니 딱 그 모양이라느니 하며 놀리듯 말했다는 것이다. 무엇보다 내 얼굴이 겉늙어 보이고 못생겨서 한 말이겠지만, 콩깍지라는 말 속에는 풍족하지 못한 경제력과 장남이라는 조건이 포함되어 있을 것이다.

아내는 쇼핑을 갈 때 짐꾼내지는 운전기사로 나를 호출하곤 한다. 눈이 늙었는지 가격표에 붙은 숫자가 보이지 않는다며 함께 갈 것을 회유한다. 서너 시간이 소요되는 쇼핑을 따라 다니려면 상당한 인내심이 요구된다. 지루해하는 내 표정을 읽은 아내는 데리고 다닐 때 고마운 줄 알고 열심히 따라다니라며 배려 차원임을 누차

강조하곤 한다. 아직은 쓸모가 있어 봐주는 것이니 다행으로 여기라는 얘기일 것이다. 이제 아이들이 아내와 함께 쇼핑을 할 나이가 되었지만 한 번 따라가 본 후로는 이런저런 핑계를 대가며 피해버린다. 그러다 보니 짐꾼 노릇은 다시 내 차지가 되고 말았다. 여전히 아내는 배려 차원이라는 주장이다.

아내는 노안이 오기 전에도 난시로 눈이 좋지 않았지만 안경을 쓰지 않았다. 결혼 당시 아내의 시력이 좋았더라면 나는 지금 독신으로 살고 있거나 먼 나라 어느 여인을 아내로 맞았을지도 모를 일이다. 그런 아내가 요즈음 가끔씩 책을 볼 때 돋보기를 찾곤 한다. 책을 보다가 나와 얼굴이 마주치면 처음 보는 사람 보듯이 유심히 살핀다. 그러고는 툭 한 마디 던진다. 당신 이렇게 생겼었어? 얼굴에 점이 이렇게 많았었나? 주름은 왜 이리 많아? 그러면서 그 동안 몰랐던 것을 처음으로 알게 된 양 고개를 갸우뚱한다. 그런가 하면 아들 녀석이 말썽을 피우거나 속을 썩이면 눈이며 입이 못생긴 아빠랑 똑같이 닮았어, 라며 목소리를 높인다. 요즘 내 아내가 사춘기 아들만큼이나 감정이나 취향이 수시로 변하고 있다. 어쩌면 그 동안 아내의 눈에 단단히 씌어져 있던 콩깍지가 슬슬 벗겨지고 있는 건지도 모르겠다.

당뇨가 심한 어머니는 눈이 침침해 불편해 하면서도 노안이라 그런가보다 하셨다. 하지만 앞이 점점 뿌옇게 보인다는 말씀을 듣고 어머니를 병원에 모시고 갔다. 진단 결과 백내장이었다. 그 동안 어머니는 형체만으로 사물을 구분하고 목소리로 손자들을 알아보았던 것이다. 어머니는 병원에 가는 것을 몹시 싫어하셨다. 아버지의 긴 병수발로 넌더리가 났을 만도 하다. 게다가 앞집 아주머니가 무릎 수술을 받으러 병원에 갔다가 수술이 잘못되어서 영영 일어나지 못했다며 병원을 무서워하기까지 했다. 그런 어머니가 백내장 수술을 받기로 결심한 것은 일상생활에 지장을 받을 정도로 시력이 떨어졌기 때문이다.

수술을 하고 난 후, 눈에 감았던 붕대를 풀고는 세상이 이렇게 맑았느냐고 좋아하셨다. 진작 수술할 걸 그랬다고 말씀하시며 내 얼굴을 바라보던 어머니가 깜짝 놀라셨다.

"자네는 얼굴이 왜 이렇게 늙었는가?"

아내는 오늘도 돋보기를 쓰고는 내 얼굴을 살피는 중이다. 그 새 주름이 더 늘었다는 둥 얼굴에 난 점은 언제까지 달고 다닐 거냐는 둥 놀려댄다. 나는 못 들은 척한다. 나의 외모에 대해 이러쿵저러쿵 말할 때마다 일일이 대응을 하고 고민했더라면 지금쯤 나는 호호할아비가 돼 있을 것이다. 타고난 얼굴을 어쩌란 말인가. 예순을 바라보며 성형을 꿈꾼다는 것도 웃기는 이야기다. 어디까지나 그런 남자를 선택한 본인의 눈을 탓할 수밖에.

어쩌면 지금 아내는 콩깍지가 두껍게 덮인 젊은 날의 눈으로 본 나를 그리워하고 있는 것인지도 모른다.

아들의 안경

아침에 일어나면 출근하기 전에 막내아들 방에 들른다. 걷어찬 이불을 끌어다 덮어주고 머리맡에 벗어놓은 안경을 집어 안경알을 말끔히 닦아주곤 한다. 녀석이 벗어놓은 안경은 늘 안개가 낀 것처럼 뿌옇다.

중학교 2학년인 막내는 초등학교에 들어가자마자 안경을 썼다. 너무 어린 탓에 누가 알을 닦아주기 전에는 그대로 쓰고 다녔다. 그것이 습관이 되었는지 지금도 뿌연 안경을 그러려니 하고 쓰고 다닌다. 어느 날 내 안경을 닦으면서 아들 것도 함께 닦아주었다. 선명해서 좋다며 감탄사를 연발하기에 그때부터 안경알을 닦아주기 시작했다.

직원 평균 연령이 우리 회사가 가장 높다고 저녁 뉴스에 나왔다. 회사 측에서 언론에 먼저 흘렸는지 다음날 아침 특별 명예퇴직을 시행한다는 사내 방송이 나왔다. 노조와 합의한 사항이라며 학자금 지원과 명예퇴직 제도가 이번을 마지막으로 없어진다고 했다. 명예퇴직 예상 인원은 6,000여 명이고, 대상은 15년 이상 근무자였다. 명시되지는 않았지만 1960년 생부터 1957년 생까지가 최우선 대상자다. 기량이나 능력이 모자라서가 아니라 연봉이 높은 사람이 우선 대상인 것이다. 결국 나이가 많은 것이 죄였다. 나 역시 베이비붐 세대로 최우선 대상자에 속한다.

창립 후, 처음으로 적자를 보았다고 한다. 횡령 및 배임혐의로 구속된 전 경영진 잘못이 크다. 하지만 무엇보다 현장 작업 여건이 문제였다. 대여섯 명을 필요로 했던 작업이 요즘은 기계화로 두 명이면 충분하다. 사무 업무도 마찬가지다. 계산기를 두드려 가며 몇 시간씩 작성하고 복사해야 했던 서류가 컴퓨터가 보급되면서 숫자만 입력하면 자동으로 계산되어 인쇄가 된다. 그로 인해 발생한 유휴 인력은 대부분 영업부서로 배치되었다. 영업은 사람을 상대하는 일로 쉽지 않은 업무다. 일부 직원은 교육을 받고 적응하고 있으나 대부분 실적이 형편없어 회사로서는 부담스런 존재다.

한창 직원들이 바쁘게 움직이고 있을 시간에 사무실이 텅 비어 있다. 상품을 설치하고 A/S 하는 부서와 일부 영업 업무를 위탁한다고 하니 해당 직원들이 갈 곳이 없어졌다. 임금이 낮은 협력사로 가든가, 아니면 명예퇴직을 권고 받고 있다. 다들 일손을 놓고 뒷마당에 삼삼오오 모여서 담배만 연거푸 피우고 있다.

"인터넷을 보니 구조조정이 있다고 하던데 당신은 괜찮아요?"

걱정스러워하는 아내의 문자 메시지였다. 주위 비슷한 연배의 동료들과 여러 차례 통화를 해보았지만 모두들 답을 찾지 못하고 있었다. 하루에도 몇 차례씩 명예퇴직을 하느냐 마느냐를 두고 마음이 흔들린다. 명예퇴직 하는 것으로 마음을 굳혔거나 기울어가는 동료들은 자기들은 아이들을 다 키우고 달랑 두 부부만 남았으니 돈 쓸 일이 별로 없겠지만, 나의 경우 이제 막 대학에 들어간 딸과 중학교 2학년이 된 아들 녀석이 있는데 어떡하느냐고 걱정한다. 반대로 십 원을 준다 해도 회사에 남을 거라며 마음을 굳힌 동료들은 앞으로는 명예퇴직금도 받지 못하게 되고, 정년 연장 혜택을 볼 수 있다고는 하나 이 또한 불확실해 불안해했다. 더구나 내년부터 53세 기준으로 임금피크제를 시행하게 되면 20% 이상 임금이 삭감된다. 선배들 중에는 평사원으로 쫓겨나듯이 지방으로 가서는 끝내 이겨내지 못하고 그만둔 사람도 있었다. 이제는 명예퇴직이 없어진다고 하니 그마저도 기회가 없어진다.

외환위기 이후 여러 번 명예퇴직이 있었다. 매번 회사에서 강요하지 않았다고는 하나 개인면담을 하는 것 자체가 무언의 압력이었다. 명예퇴직 최우선 대상자라 해도 퇴직 신청자 모집 실적이 좋으면 살아남을 수 있다는 말이 나를 현혹했다. 그런 사람들이 토사구팽 되는 모습을 여러 번 지켜보았음에도 귀가 솔깃해졌다. 퇴직 신청자 모집 실적이 미진하면 관리 무능력으로 대신 명예퇴직을 해야 할지도 모른다고 해 초조했다.

내 결정에 따르겠다고 하던 아내도 시간이 갈수록 불안해하는 모습이다. 오늘도 힘든 하루를 보내느라 고생 많았습니다, 그 마음 오죽 하겠어요, 인내심으로 이겨내요 등, 아내의 메시지는 끝까지 버티어주기를 바라는 마음이다. 아빠가 실직할지도 모른다는 말을 들은 아이들도 표정이 어둡다. 학비 보조가 없으니 열심히 공부해서 장학금을 받아야 한다고 하고, 막내까지도 등록금이 제일 적게 드는 대학에 가려면 어떤 과목을 집중적으로 공부를 해야 하는지 누나들에게 묻는다. 아내는 샤워를 오래 하는 아들에게 앞으로 물도 아껴 써야 한다며 무언중 나를 압박해 왔다.

나는 새장에 갇혀 주인이 주는 일정량의 먹이를 먹으며 안주하고 있는 새였다. 어느 날 주인은 느닷없이 새장의 문을 활짝 열어 놓았다. 그 동안 새장 밖에서 자유롭게 날아다니는 새를 부러워했으면서도 막상 문이 열리자 선뜻 나서지 못하고 있다. 주인을 위해 더 일찍 일어나 열심히 노래를 부르겠노라 하고 있다. 하지만 새장 안에 남게 된다면 주인은 앞으로 더 적은 양의 먹이를 주면서 노래는 곱절을 시킬 것이다.

매번 명예퇴직을 시행했던 시기는 연말이었다. 그럴 때마다 동료들은 매서운 겨울바람을 맞으며 떠났다. 이번에는 4월이다. 일 년 중 가장 많은 꽃들이 피었다가 지는, 그래서 더 잔인한 달이다. 청춘을 아낌없이 바친 동료들이 회사를 떠나려 하고 있다.

하루가 너무 길다. 모두들 이 4월이 빨리 지나가기를 바라고 있다. 명예퇴직 공고가 있던 날부터 자의반타의반으로 술자리가 계속

된다. 당신이 힘든 만큼 나도 힘들다는 아내의 문자 메시지를 받고 집으로 향했다. 현관문을 열고 들어서자 통나무같이 뻣뻣하기만 하던 아들 녀석이 반겨 맞더니 나에게 덥석 안겨왔다. 가슴으로 따듯함이 전해왔다.

오늘도 막내의 안경알은 뿌옇다. 명예퇴직을 할 것인지 말 것인지, 어떤 선택이 정답인지 나는 물론 누구도 알지 못한다. 확실한 건 나의 선택이 막내의 뿌연 안경알을 마음 놓고 닦아줄 수 있는 것을 최우선으로 할 것이라는 사실이다.

공범

퇴근 무렵에 딸에게서 문자 메시지가 왔다. 통닭이 먹고 싶다고 했다. 그것도 집이 아니라 밖에서 조용히 만나 사달라고 했다. 오늘은 금요일이니 일찍 집에 들어가 식구들과 함께 배달시켜 먹자고 답장을 보냈다. 문자가 전송되기가 무섭게 곧바로 답장이 왔다.

"아빠, 내 입이 좀 가벼워서 단단한 자물통이 필요하거든?"

우리 집 경제권은 아내에게 있다. 씀씀이가 헤픈 나는 결혼 초에 자의반타의반으로 경제권을 아내에게 넘겨주었다.

오늘은 사용하고 있는 신용카드 결제일이다. 아내가 카드로 현금서비스 이용 한도 전액을 대출 받아 결제통장으로 이체시켜 달라고 했다. 내막을 자세히 알 수는 없지만 아무래도 둘째 딸 대학 입학금 때문인 것 같았다. 국립대에 다니고 있는 큰딸이 언젠가 자신은 효녀라고 말했다. 그때는 우스갯소리로 흘려들었는데 사립대에 들어간 둘째 딸의 입학금 고지서를 받고서야 비로소 그 말에 수긍이 갔다. 그 동안 반값 등록금을 외치는 소리를 강 건너 불구경하듯 했지만 이젠 나도 한 목소리를 내야 할 처지가 되었다.

나는 용돈으로 일정액의 현금과 카드를 병행하여 사용하고 있다. 현금은 내 돈으로 생각되어 아끼게 되지만 카드는 아내가 관리하기 때문에 번번이 잔소리를 들으면서도 현금보다는 부담 없이 쓰게 된다. 딸아이도 아내에게 말하기 곤란한 사정이 생길 때면 내 카드를 이용하곤 한다. 어제도 둘째 딸에게서 카드가 필요하다는 문자가 왔었다.

둘째는 힘들게 재수하여 올해 서울의 모 대학에 합격했다. 재수하는 동안 휴일에도 학원에 나가 한밤중에 들어왔다. 학원이 멀지는 않지만, 딸아이가 안쓰러워서 내가 쉬는 날에는 자동차로 데려다주곤 했다. 그럴 때마다 아이는 커피숍에 들러 커피를 사 들고 갔다. 원플러스원 행사를 할 때는 나머지 한 잔을 내가 들고 와 아내 몰래 마시기도 했다. 그러더니 딸아이가 한 달 동안 마실 커피 값을 선불로 결제해야겠다며 카드를 달라는 것이다. 아내는 우리 사이의 이런 일을 알고도 모른 척하는 듯했다.

이체시켜달라는 아내의 부탁을 까맣게 잊어버리고 출근길에 딸

책상 위에 신용카드를 놓고 나왔다. 사무실에 도착해서야 그 사실이 생각났다. 연체이자가 걸려서 여유를 부릴 수가 없었다. 더구나 내일은 토요일이다. 할 수 없이 딸에게 현금서비스를 받아야 하니 카드를 가지고 은행에 가서 전화하라고 메시지를 보냈다. 딸아이는 지금 언니와 함께 외출 중이라며 액수가 얼마 되지 않을 거로 생각했는지 본인이 가지고 있는 돈으로 대신 보내겠다고 했다.

딸아이는 재수하는 동안 매달 받는 용돈을 한 푼도 쓰지 않고 저축했다. 나중에 안 일이지만 적지 않은 돈을 통장에 넣어두고 있었다. 웬만한 것은 철저하게 나의 카드를 활용한 덕분이었을 것이다. 하지만 현금 서비스 받으려는 금액은 딸아이가 해결할 수 없는 액수이다. 딸아이는 엄마도 알고 있느냐고 물었다. 힘들게 대학에 합격하여 기쁨을 누리고 있는 딸에게 집에 돈이 없어서 현금 서비스를 받아야 한다는 사실을 알리고 싶지 않았다. 언니는 물론 엄마도 모르게 하는 일이니 비밀로 해달라고 했다. 아빠가 큰돈을 엄마 몰래 쓰는 것이 걱정되었는지, 그 큰돈이 왜 필요하냐며 어디다 쓸 것이냐고 꼬치꼬치 캐물었다. 나는 그냥 비밀이라고만 했다.

얼마간 시간이 지나고 딸아이한테서 연락이 왔다. 언니 몰래 혼자 은행에 도착했다며 소곤거리듯 말하는 것을 보면 나름 비밀을 지켜주려고 애를 쓰는 것 같았다. 이체를 끝내고 걱정이 되는지 다시금 엄마에게 말해야 하지 않느냐고 했다.

"네 손으로 이체하였으니 이제부터는 너도 공범이야."

나는 천연덕스럽게 말했다.

"아빠, 돈을 나누어 쓴 것도 아닌데 내가 무슨 공범이야?"

딸아이는 펄쩍 뛰었다. 그러더니 퇴근 무렵이 되어 통닭을 사달라는 협박성 문자를 보낸 것이다.

아내는 배달 음식을 싫어한다. 이상한 공범 관계에 얽혀 이러지도 저러지도 못하게 된 내 처지가 딱하기만 하다.

행운을 꿈꾸며

거실에 두고 키우는 화초가 서너 분 있다. 대부분 생명력이 끈질긴 것들이다. 손바닥만 한 다육식물이나 난은 처음부터 거실에 두고 키워 문제가 없었지만 베란다에 있던 기린선인장과 군자란은 지난 겨울 늦게 들여놓는 바람에 추위에 모두 얼어 죽었다. 올해는 새로 들여놓은 화초들을 겨울이 시작되기 전에 일찌감치 거실로 옮겨 놓았다. 옹기종기 모아놓고 보니 작은 화단 같았다. 어느 해보다 매서운 추위로 보일러 온도를 올려놓은 탓에 계절을 잃어버리고 새순이 돋아난 녀석도 있었다. 봄에는 어쩌려고 저러나 걱정이 되었다.

가장 신경이 쓰이는 것은 작년 봄 아내가 가져온 행운목이었다. 뿌리를 내리기 위해 작은 화분에 옮겨 심은 지 한 해가 가까워가지만 아직도 종이컵만 했던 크기 그대로이다. 오히려 잎이 시들다 못해 쪼그라들고 있다. 옹기 수반에 옮겨 심으려고 뽑아 보았더니 뿌리는 고사하고 속잎마저도 반쯤은 갈색으로 말라가는 중이었다. 아직 내다버리지는 않았지만 회생의 기미가 전혀 없어 보였다.

아내가 행운목을 가져오기 전에 천장에 닿을 만큼 큰 행운목이 거실에 있었다. 아내가 둘째 딸을 가졌을 때, 자동차 트렁크에 행운목을 싣고 집으로 들어오는 꿈을 꾸었다. 그 인연으로 길거리 좌판 위에 놓고 파는 종이컵만 한 행운목을 사다 키웠다. 물만 주면 별 탈 없이 잘 자랐다. 어느 정도 자라 뿌리를 내리자 큰 화분에 옮겨 심었다. 언젠가 과수원에서 퍼온 흙으로 분갈이를 해주었더니 동갑내기 둘째 딸보다 키가 훨씬 크게 자랐다. 지나치게 자라서 목을 구부린 듯이 보이는 행운목을 마땅히 둘 장소를 찾지 못해 고민하고 있었다.

시중에 팔고 있는 작은 행운목은 대부분 뿌리 없이 나무토막같이 둥치에 잎을 피운 채 물에 담겨 있다. 버드나무를 꺾어 물병에 꽂아두면 뿌리가 나오듯이 꺾꽂이가 되는 식물로 보였다. 누군가에게 들은 듯도 하여, 망설여왔던 일을 과감하게 실행에 옮겼다. 행운목을 절반으로 잘라서 밑 부분은 흙에다 심고 윗부분은 항아리에 물과 함께 담가 놓았다. 시간이 갈수록 하나가 둘이 될 수 있을 것이라는 기대감은 초조함으로 바뀌었고, 잎이 점점 말라가는 모습을 볼 때는 안타까움으로, 더는 살릴 수 없다는 생각이 들면서 후회로 변했다. 반풍수가 집안을 망친다고, 뿌리가 나오기는커녕 결국 둘 다 수수깡처럼 말라 죽어버렸다.

그 일이 일어난 것은 둘째가 대학 입시를 앞둔 바로 그 해였다. 더구나 둘째가 분신처럼 생각하는 행운목이었다. 불행하게도 둘째는 원하는 대학에 들어가지 못했다. 눈높이를 낮추어서 어디든 들어가기를 바랐지만 재수하겠다고 일찌감치 선언했다. 대학에 들어가지 못한 것이 행운목 꺾꽂이와 연관된 것 같아서 마음이 몹시 언짢았다. 둘째는 앞으로 60년을 넘게 살아야 하는데 1년쯤은 충분이 투자할 가치가 있다며 자신을 믿어보라고 오히려 나를 위로하듯 말했다.

몇 해 전, 근무하던 사무실을 별관에서 본관으로 옮겼다. 내다버린 쓸모없는 물건들 속에 추위에 떨고 있는 행운목이 보였다. 잎사귀가 얼어가고 있었다. 일단 조심스레 우리 사무실로 들여놓았다. 끝까지 찾는 사람이 없는 것을 보면 내다버린 것이 확실했다. 두 개의 둥치 중 하나는 추위로 끝내 살아나지 못하고 마른 나무토막 같은 모습을 하고 있었다. 살아남은 다른 둥치도 분갈이를 해주거나 거름을 주지도 않은 채 무관심으로 일관했다. 얼어버린 잎이 많아서 죽으면 내다버릴 요량으로 물만 챙겨 주었다. 하지만 추위를 견뎌낸 강한 생명력을 자랑하면서 지금은 싱싱하게 자라 천정에 닿을 듯한 키로 나를 내려다보고 있다.

그뿐이 아니다. 며칠 전, 꽃도 피웠다. 화려하지도 않고 꽃봉오리가 벌어지기 전이라 향기도 없다. 수수꽃다리와 비슷해 보였다. 꽃을 보면 행운이 찾아온다는 말을 들은 기억 때문에 꽃 모양에 대한 실망감보다 좋은 일이 생길 거란 막연한 기대감으로 온 종일 흐뭇한 기분이었다.

나에게 올해는 행운으로 다가와야 할 일들이 많다. 대학 졸업반으로 교사임용고시를 준비하고 있는 큰딸, 재수를 하며 대학 입시를 준비하고 있는 둘째 딸, 중학교에 들어가 첫 단추를 잘 끼워야 할 막내, 무엇 하나 중요하지 않은 일이 없다. 행운목하면 유독 둘째가 생각나고 둘째를 생각하면 행운목이 떠오른다. 정초부터 행운목 꽃을 본 것은 분명 둘째가 원하는 대학에 들어가서 기뻐하는 모습을 볼 징조일 것이다. 아내의 행운목은 잊기로 했다. 사무실에서 모진 겨울과 무관심을 이겨내고 꽃을 피어올린 행운목이 둘째 딸에게 행운을 선사하리라 굳게 믿는다.

늦여름 호박꽃

하루가 멀다 하고 지루하게 내리던 비가 멈추었다. 하늘은 구름 한 점 없이 맑다. 길이 대빗자루로 쓸어 놓은 듯 깨끗하다. 길 옆 개울을 따라 어른 어깨 높이만한 콘크리트 둑이 이어져 있고, 개울가에는 크고 작은 나무들이 서 있다. 가지를 늘어뜨리고 개울 안을 들여다보는 느티나무처럼 나 또한 습관처럼 까치발로 개울 안을 들여다보곤 한다. 한 동안 메말랐던 개울이 오늘은 물이 넘쳐 가장자리의 잡초마저 생기가 넘쳐 보인다.

풀숲에 큼지막한 호박잎과 함께 호박꽃이 여기저기 피어 있다.

호박꽃도 꽃이냐, 라는 말이 떠오른다. 외모에 자신 없는 나를 두고 하는 말 같아서 나도 모르게 웃음이 나기도 했다. 호박이 못생겼지 꽃이 못생겼나. 틀린 말이 아니라고 생각하면서도 못생김에 대한 동질감이나 연민을 떨쳐버리지 못한다.

꽃 중에 꽃은 장미라고 한다. 화려한 모양에 향기까지 지닌 꽃으로 계절의 여왕, 꽃의 여왕이라 불린다. 봉우리 맺힌 장미를 보면 동화책 속에 나오는 요정이 생각나고, 활짝 핀 빨간 장미꽃을 보면 클레오파트라 같은 서양 미인이 연상된다. 하지만 아름다움 뒤에 숨겨 놓은 가시를 생각하면 찬바람이 인다. 로마 신화에 나오는 여신처럼 쉽게 다가갈 수 없는, 나와는 거리가 먼 꽃이라 여겨진다.

언젠가 상추밭에 피어 있는 양귀비꽃을 본 적이 있다. 양귀비는 고대 중국 4대 미인 중의 한 사람이다. 그녀와 같은 이름을 사용하는 꽃이라 동양적인 미인의 상징이 아닐까 생각했다. 한 번 빠져들면 헤어나지 못한다는 마약, 아편을 만드는데 쓰이기도 한다 하니, 다가서는 발걸음이 조심스러웠다. 함부로 심을 수 없는, 몰래 숨어서 피는 꽃이라는 선입견 때문인지 햇빛을 보지 못한 식물처럼 줄기며 잎 모양이 가냘프고 연약해 보였다. 하지만 붉은 꽃은 아름다운 자태 속에 신비함이 느껴졌다. 정밀화를 그려놓은 듯 예사롭지 않은 모습은 한 치 빈 틈이 없는, 비수를 품은 여인처럼 보였다. 그와 달리 호박꽃은 수수하고 후덕해 보인다. 야박함에 물들지 않은 순박한 시골아낙처럼 푸근한 웃음을 짓는 누님처럼 언제든 다가가면 따뜻하게 안아줄 것 같은 느낌이 드는 꽃이다.

풀숲에 피어 있는 호박꽃을 보면 악착같은 생명력이 느껴지고 이웃과 더불어 살아가는 현명한 삶이 엿보인다. 척박한 땅이라 해도 봄에 적당히 자리를 잡아 심어주기만 하면 풀을 뽑는다거나 병충해 예방을 위한 약을 치지 않아도 알아서 자란다. 장마가 물러갈 때면 갓 피어난 호박꽃, 막 꽃잎을 뗀 애기 호박, 제법 모양을 갖춘 푸른 애호박, 조용히 숨어서 서서히 익어가는 늙은 호박 등이 어우러져 유년 시절 할아버지와 함께 살았던 우리 집을 보는 듯 정감을 불러 일으킨다. 같은 넝쿨이라 해도 사방으로 줄기를 뻗어 주위 나무나 풀들을 짓밟고 올라서려는 가시박넝쿨과는 사는 방식이 다르다. 양보하고 배려하며 더불어 살아가는 법을 아는 듯하다.

호박은 어머니의 삶과 많이 닮았다. 자신의 모든 것을 주려고만 하는 어머니처럼 호박 또한 어느 한 부분 버릴 것 없이 모두 내준다. 구수한 된장국에 없어서는 안 될 애호박뿐만 아니라 된장에 싸 먹는 호박잎도 별미다. 늙은 호박 또한 쓰임새가 다양하다.

푸른 잎 밑에 숨어서 누런 색으로 변해가고 있는 늙은 호박이 보인다. 호박죽을 좋아하는 아내는 종종 늙은 호박을 얻어온다. 언제나 껍질을 벗기는 일은 내 몫이다. 늙은 호박은 껍질이 딱딱해서 벗기는 일이 여간 힘든 게 아니다. 요령이 없으면 손에 물집이 잡히기도 한다. 손질한 호박을 일정량 비닐 팩에 나누어 냉동실에 넣으면 아내는 곳간에 곡식을 가득 채운 것처럼 마음이 넉넉하다고 했다. 가끔 아내가 호박이 든 구수한 된장국만큼이나 입맛을 당기게 하는 동그란 호박전을 만들어 주기도 한다. 오랜 세월 손질하는 요령을 터득한 만큼, 많은 시행착오를 거치며 만든 호박죽은 아내가 만드는 음식 중 단연 으뜸이다.

나뭇가지를 사다리 삼아 개울 밖을 내다보고 있는, 이제 막 피어난 어린 호박꽃이 애잔하게 바람에 흔들린다. 곧 첫서리가 내릴 텐데 이제 피어나 어느 세월에 제 몫을 다하려는지. 우리 집 늦둥이가 헤헤거리며 웃는 모습이 어른거린다.

작은 행복

시계추가 좌우로 흔들거리며 앞에 놓인 컵을 파수꾼처럼 지키고 있다. 얼마 전, 출근할 때마다 그 컵에 오백 원짜리 동전을 놓아두기로 초등학교 2학년인 막내아들과 약속했다. 출근 시간에 일어나지 못하는 막내가 번번이 용돈을 받지 못하자 일방적으로 정해놓은 것이다. 그 약속 전에는 저금하는 습관을 가졌으면 하는 바람으로 호주머니에 백 원짜리 동전이 있을 때마다 용돈으로 주었다. 아이는 얼마 동안은 조금씩 무거워지는 저금통을 들어보며 착실하게 저금을 했다. 하지만 장난감이나 군것질에 대한 유혹 때문에 저금은 흐지부지 되고 말았다.

"저금 안 하니?"

"아이스크림 한 개 가격이 오백 원이 넘어."

놀이터에서 놀다 오는 횟수가 늘어나면서 저금하는 모습은 찾아볼 수 없고 오히려 용돈이 모자란다며 투정을 부렸다. 투정이 계속되자 위인전을 읽고 독후감을 쓰면 용돈을 오백 원으로 올려주겠다고 했다. 그 약속으로 한 동안 책 읽는 모습이 자주 눈에 띄었다. 하지만 시간이 갈수록 책 읽는 모습도 뜸해졌고 독후감으로 써 놓은 글도 달랑 서너 줄뿐이었다. 책을 끝까지 읽지 않았는지 줄거리를 물어보아도 앞부분만 겨우 말했다. 야단을 쳐도 그때뿐이었다.

그런데 어느 날부턴가 갑자기 막내가 써 놓은 독후감 내용이 제법 그럴 듯해졌다. 지렁이글씨체는 여전했으나 문장이 연결이 잘 되고 줄거리도 깔끔했다. 글쓰기 실력이 많이 나아진 것 같아 흐뭇했다. 하지만 그것이 앞장에 나와 있는 머리말을 그대로 옮겨 적어 놓은 것이라는 것을 나중에 알았다. 한바탕 소동을 벌인 후, 독후감을 일기 쓰기로 바꾸었다. 그마저도 한 동안은 길게 쓰더니만 요즈음은 서너 줄 써놓고 용돈을 달라고 보챈다. 가끔 동전이 없어 건너뛰는 날에는 전날 것까지 합쳐 달라고 한다. 그 때문에 동전을 준비하려고 일부러 물건을 사기도 하고, 동전 쓸 일이 있어도 일부러 지폐를 사용하기도 한다.

어린 시절 친구 집에 놀러 갔을 때의 일이다. 친구는 집 가까이에 이르러 대문 앞에 앉아 계신 할아버지를 보더니 느닷없이 골목 안으로 나를 끌고 갔다. 그리고는 우리 아버지는 할아버지 같아, 라며 창피해 했다. 가끔 막내를 보면 그때 생각이 난다. 막내는 마흔이 넘어 낳은 늦둥이다. 아이가 어렸을 때, 함께 집 밖으로 나가면 주위 사람들이 손자 돌보기가 많이 힘들지요, 손자가 할아버지를 많이 닮았네요, 라며 오해를 했었다. 훗날 늙은 아버지 때문에 어릴 적 내 친구처럼 마음 아파할 막내를 생각하면 착잡해진다.

그뿐만이 아니다. 정년퇴직을 한다 해도 막내가 겨우 중학교를 마칠 나이다. 더구나 요즈음 경제위기에 따른 구조조정 여파로 조기 퇴직도 염두에 둬야 한다. 고등학교, 대학교에 다니며 경제적 지원을 가장 필요로 하는 시기에 나는 오히려 직장에서 물러나야 한다. 정작 막내가 많은 용돈이 필요한 나이가 되어서는 뒷전으로 밀려난 늙은 아버지가 되어 용돈을 챙겨주지도 못할 것이다. 오히려 늙은 부모가 되어 발목을 잡거나 힘겹게 할지도 모른다. 넉넉한 용돈으로 학교생활을 하며 해외연수를 계획했던 누나들과는 달리 부족한 용돈을 벌기 위해 아르바이트를 하거나 누나들에게 손을 벌리게 될 막내를 생각하면 벌써 애처로운 마음이 든다.

가끔 호주머니에 동전이 있으면 몰래 막내를 불러 용돈을 더 준다. 그걸 우연히 아내가 보게 되면 막내가 쓸모없는 딱지나 사다 나른다며 주지 말라고 야단을 한다. 아내는 막내를 끔찍이 생각하는 고슴도치 엄마다. 막내가 옆에서 그 말을 듣고, 엄마의 마음을 잘 헤아려 줄 것을 안다. 설령 용돈을 주지 말라는 아내의 말이 진심이라 해도 나는 계속 줄 생각이다. 능력이 있을 때 마음껏 주려고 한다. 막내가 용돈을 받고 좋아하는 모습을 보면 덩달아 기분이 좋아진다. 지금 막내에게 용돈 주는 일은 나의 작은 행복 중 하나이다.

힘 겨루기

작은딸이 재수 끝에 대학에 합격했을 때, 아내는 춤을 출 듯이 좋아했다. 작은딸은 지금 다니는 학교를 자랑스럽게 생각하고 대학생활에 매우 만족해하고 있다. 그런 딸에게 요즘 아내가 다른 길을 강요하고 있다. 삼수를 해서라도 교육대학에 가라고 노골적으로 말한다. 그럴 때마다 딸은 창업할 수 있게 물려줄 돈이 있으면 미리 달라며 아내 속을 뒤집는다. 자꾸 이러면 에볼라바이러스로 시끄러운 아프리카로 아무도 모르게 봉사활동을 떠나버릴 거라며 엄포를 놓기도 한다.

올해, 큰딸은 교육대학을 졸업하고 초등학교 선생이 되었다. 교사가 된 것은 아내의 영향이 크다. 딸은 어렸을 때, 아내가 근무하는 초등학교 병설유치원을 두 해나 다녔다. 이른 아침에 엄마의 손을 잡고 등원하여 저녁에 함께 들어왔다. 유치원이 끝나고 나면 피아노다 미술이다, 학교 주변의 학원을 전전하며 아내의 퇴근 시간까지 기다려야 했고, 주로 남은 시간은 학교에서 혼자 놀았다. 딸은 학교를 집보다 편안한 곳으로 생각하는 듯했다. 내가 학교 다닐 때, 무서워서 근처에도 가보지 못한 교장 선생님을 할아버지라고 불렀고 여자 선생님은 모두 이모가 되었다. 그 영향 때문인지 딸은 어릴 때부터 선생이 될 거라고 했다.

큰딸의 동기생 중에 이름 있는 대학을 졸업하고 직장을 잡지 못해서 교육대학에 다시 들어와 함께 졸업한 언니가 있다고 했다. 자식에 대한 부모의 욕심은 끝이 없다고 했든가. 그 말을 들은 아내는 은연중에 작은딸이 그 길을 가주길 바라고 있다. 나 또한 경영학과를 선택한 딸에게 장차 여성 CEO가 될 거라며 겉으로는 손을 들어주었지만, 속내는 아내의 마음과 크게 다르지 않다.

입학금을 낼 때는 합격의 기쁨으로 무거운 금액이 눈에 들어오지도 않았는데 이번에 받아든 작은딸의 등록금 고지서를 보고 깜짝 놀랐다. 국립대학을 다녔던 큰딸의 등록금에 비해 곱절이나 많았다. 그 동안 반값 등록금을 외치던 사람들의 심정이 비로소 이해가 갔다. 청년실업이 심각한 요즘, 졸업과 동시에 교사 발령을 받은 큰딸을 아내는 흐뭇하게 생각하고 있다. 지난 번 명예퇴직을 권유받고 고민하던 나를 안타깝게 지켜본 아내는 정년까지 보장된 안정적인 직장을 더욱 선호하게 되었다.

작은딸은 작년에 성적이 낮아서 서울은 고사하고 수도권에 있는 대학조차 들어갈 만한 곳이 없었다. 하지만 지금 다니는 학교는 서울에 있다. 작년 같으면 꿈도 꿀 수 없었던 대학이다. 붙여 주기만 하면 합격시킨 것을 후회하지 않도록 죽기 살기로 공부할 거라며 합격하기를 간절하게 빌었던 곳이다.

작은딸은 자신이 지금 다니는 학교에 들어간 것은 천운이라고 말한다. 재수생활이 매우 힘들었던지, 다시 공부한다 해도 지난 번과 같은 성적은 절대 나오지 않을 거라며 제발 자신을 과대평가하지 말아달라고 애원하듯이 말한다. 사전 채점 때 4등급으로 생각한 국어가 한 등급 오르고, 합격의 당락에 결정적인 영향을 주었던 수학에서 연필을 굴려 찍은 네 문제가 운 좋게 모두 맞는 바람에 지금 다니고 있는 대학에 들어가게 된 것이라고 이실직고했다.

큰딸은 꿈을 이루기 위해 어릴 때부터 잠시도 책상을 멀리하지 않았다. 어쩌다 빈방일 거라 생각하고 방문을 열어보면 책상에 앉아 책을 보는 모습만 보였다. 공부 외에 다른 것에는 관심이 없어 보였다. 하지만 작은딸은 다르다. 예나 지금이나 시험 때가 되어도 누가 시험을 보는지 알 수가 없다. 학비에 보태려고 힘들게 아르바이트 하느니 그 시간에 열심히 공부하여 장학금을 받는 것이 현명한 방법이라고 지인의 말을 전하자, 웃으면서 그걸 몰라서 못하나 안 되니까 못하지, 라며 태연자약하게 말한다. 그리고는 언니처럼 공부하려는 유전자를 왜 주지 않았냐고 오히려 나를 탓한다.

작은딸이 가진 유전자는 색다르다. 공부가 전부였던 큰딸과 비교하는 아내 때문에 힘들었던 적이 한두 번이 아니었을 텐데도 크게 신경쓰지 않는 눈치다. 주위에 사귀는 친구들의 폭이 넓다. 서울대를 다니는 친구가 있는가 하면 전문대에 겨우 들어갔다며 안타까워하는 친구도 있다. 휴학하고 다시 입시를 준비하고 있는 남자친구에게 매주 논술을 가르치는가 하면 수화로 이야기해야 하는 장애를 가진 친구도 있다. 수준과 격이 없이 다양한 친구들이 있다.

작은딸이 아내의 권유를 받아들일지는 모를 일이나 지금으로서는 가능성이 희박해 보인다. 딸에게 학교를 졸업하기 전에 공무원 시험에 합격하는 것이 가장 빠르고 쉬운 해결책이라고 말하자, 아빠는 엄마보다 더한 사람이라며 눈을 흘겼다. 무거운 짐을 들고 가는 딸에게 짐을 들어주기는커녕 더 많은 짐을 올려놓은 셈이다.

아내와 작은딸의 지루한 힘 겨루기는 과연 언제쯤 끝이 날까?

가상 훈련

출근길 전철 안, 뱃속이 몹시 불편했다. 어제 저녁에 동료들과 과음한 탓인지 집을 나설 때부터 속이 조금씩 끓어올랐다. 그들은 가장 최근에 함께 근무했던 또래들로 세 명 중 두 명은 지난 4월에 명예퇴직을 했다.

약속장소와 내가 근무하는 거리가 멀어서 한 시간 가량 늦게 도착했다. 보통 술자리에 늦게 합류하면 '후래자삼배'라며 술을 석 잔 권하는 것이 통례이지만 이 친구들은 짓궂게도 그 동안 술잔이 돌아간 만큼의 술을 글라스에 별도로 모아놓고 있었다. 그 술이 맥주

잔으로 두 잔이나 되었고 나 때문에 안주를 새로 주문했다. 무슨 일이든 내가 해야 할 일이라면 얼른 해치워야 직성이 풀리는 성미여서 나는 빈속에 그 두 잔을 단숨에 비웠다. 그것이 화근이었다.

마지막 한 정거장을 남겨 놓고 속이 몹시 쓰리더니 급기야 식은땀이 흐르고 눈앞이 가물거렸다. 간신히 교통카드로 체크를 하고 기어가다시피 역사 내 화장실로 향했다. 한참 동안 변기를 잡고 씨름한 후에야 노랗던 하늘이 제 색으로 돌아왔다.

점심시간에 손님이 찾아오기로 했다. 지갑을 확인하려고 뒷주머니를 더듬었다. 주머니가 비어 있었다. 난감했다. 지갑에 든 돈은 물론이고 주민등록증, 운전면허증, 신용카드, 사원증 모두 잃어버린 것이다. 남은 것이라곤 반대편 호주머니에 들어 있는 어제 술값 영수증이 전부였다. 각종 카드를 원상복구 하려면 몇 시간을 쫓아다녀야 할지 생각만 해도 아득했다. 당장 교통카드가 없으니 집으로 갈 여비도 없는 셈이다. 정신을 차리고 신용카드회사로 전화를 걸어 분실 신고부터 했다.

점심을 먹는 둥 마는 둥하고는 지갑을 어디서 잃어버렸는지 곰곰이 생각해 보았다. 제일 먼저 아침에 집을 나서면서 방학 중이라 늘어지게 잠을 자고 있는 둘째 딸아이 방에 들러 책꽂이에 신사임당 그림이 있는 지폐 두 장을 꽂아 놓고 나온 기억이 떠올랐다. 다음 주에 큰딸과 함께 일본 여행을 떠난다는 말을 듣고 경비에 보태 쓰라고 놓고 온 것이다. 다가올 자기 생일 선물을 돈으로 앞당겨 달라는 딸아이의 부탁이 있었기 때문이다. 그 돈마저 두고 오지 않았다면 이중으로 손해를 볼 뻔했다.

생각나는 김에 딸아이에게 그 사실도 알려줄 겸 책꽂이를 살펴보라고 메시지를 보냈다. 그리고 지갑을 잃어버린 일과 너의 제안 덕분에 거금을 잃어버리지 않아서 다행으로 생각한다고 했다. 딸아이는 감사해 하면서 카드는 정지시켰는지 지갑에 현금은 얼마나 들어있었는지를 물었다. 카드는 재발급 받으며 되는 일이지만, 얼마 되지는 않아도 지갑에 든 나머지 돈이 생각할수록 아까웠다.

아침에 교통카드를 사용했으니 이 자리에 와 있는 것이고, 그렇다면 잃어버린 곳은 전철역 화장실이나 가는 도중 어디선가 잃어버린 것이다. 혹시나 하는 마음에 D전철역 화장실로 가보았다. 기대를 한 것은 아니었지만 역시나 그곳엔 지갑이 없었다. 역무실로 가 혹시 아침에 분실물을 습득한 것이 없느냐고 물어보았다. 역무원이 기다렸다는 듯이 지갑이냐고 물었고 내 이름을 확인했다. 누구에 의해서 어떤 경로로 이곳에 와 있는지는 알 수 없으나 있을 수 없는 일이 일어났다. 역무원은 빠진 것은 없는지 확인해보라며 지갑을 건네주었다.

아무리 죽네 사네 악다구니를 쓰는 각박한 세상이라지만 주위에는 힘든 사람을 찾아가 손을 내밀어 주기도 하고, 무거운 짐을 끌고 가는 사람을 소리 없이 뒤에서 밀어주는 사람도 있다. 나는 잃어버린 지갑을 찾는다는 것이 기적 같은 일이라고 생각했지만 돈보다 양심을 훨씬 중요시 하는 사람이 있다는 것을 보여주는 듯했다.

사무실로 돌아와서 딸에게 다시 메시지를 보냈다. 카드도 돈도 없으니 이참에 엄마가 구박하는 뱃살도 뺄 겸 집에까지 걸어가겠다고 엄살을 부렸다. 이곳에서 집에까지 걸어간다면 퇴근 시간에 바로 출발한다 해도 내일 새벽에나 도착할 것이다. 딸아이는 말도 안 되는 소릴 한다며 주변 지인에게 돈을 빌려보라고 했다. 더 이상 딸아이와의 대화가 길어지면 지갑을 잃어버렸다는 것을 아내가 알게 될 것 같았다. 그렇게 되면 아내까지 공연한 걱정을 하게 될 것이고, 그렇잖아도 늦은 시각까지 술을 마시고 들어온 것에 대해 몹시 못마땅하게 여기고 있는 터에, 지갑까지 잃어버렸다고 하면 나를 몰아세울 것이 불을 보듯 뻔하다. 그 지경에 이르면 지갑을 찾았다고 한들 상황은 변하지 않을 것이다.

딸아이에게 지금까지는 가상 훈련이었다고 메시지를 보냈다. 딸아이가 잔뜩 화가 난 이모티콘(벽돌로 유리창을 깨트리는 동영상)과 함께 문자를 보내왔다.

"진짠 줄 알고 깜짝 놀랐잖아요!"

딸아이에게 면박을 받아도 기분 좋은 날이다.

중년 아줌마

결혼기념일마다 아내를 위해 선물을 준비하지만 번번이 아내의 마음을 사지 못한다. 올해는 20주년이 되는 해라 큰마음 먹고 명품 가방을 선물했다. 언젠가 백화점에서 명품 가방을 메고 거울을 향해 폼을 잡아보더니, 가격표를 보고는 슬그머니 내려놓던 모습이 떠올랐다. 경제권이 아내에게 있는 나로서는 얼마 동안 적금을 들듯 용돈을 모아야 할 만큼 가격이 만만치가 않았다.

부부는 살면서 닮아간다는데 아내와 나는 아직도 물건의 모양이나 색깔에 대한 이견은 좁히지 못하고 있다. 아내와 함께 옷을 고를 때면 나처럼 얼굴이 검은 사람에게는 밝은 색이 잘 맞는다며 내가 원하는 색깔과 다른 옷을 권하곤 한다. 아내 역시 내가 고른 디자인이 마음에 들지 않기는 마찬가지인 모양이다. 언젠가 작은 목걸이를 선물했을 때였다. 결혼기념일을 앞두고 카드회사에서 아내에게 줄 선물로 목걸이를 권했다. 마침 10주년이 되는 해라 기억에 남는 선물을 순비하기 위해 고민하던 차였다. 쌈을 내어 쇼핑을 갈 필요도 없고 카드로 결제하면 되는 일이라 나에게는 일거양득이었다.

선물을 주던 날 한바탕 소동이 일었다. 보석 크기며 색깔이 마음에 들지 않는다는 것이다. 성의를 봐서 그냥 받아주었으면 했다. 하지만 아내는 반품을 하고 결국 자신을 위한 선물과는 무관한, 집안에 필요한 물건으로 교환해버렸다. 선물을 주면 상대방이 좋아해야 다음에도 주고 싶은 마음이 생긴다. 두어 번 그런 일을 겪다 보니 아내에게 주는 선물은 케이크나 꽃바구니 선물이 전부가 되었다. 꽃바구니도 여직원이 사무실에서 선물로 받고 하루 종일 입꼬리가 귀에 걸려 있는 모습을 보고 이거다 싶어 아내가 다니는 직장으로 바로 보냈다. 그마저도 아내는 쓸데없는 돈을 썼다며 핀잔을 주었다. 그러나 며칠이 지난 후 엄마가 꽃바구니를 받아 기분이 좋다고 했다며 작은딸이 귀띔해 주었다.

줄 때마다 마음에 들지 않는다고 하니, 이번에는 준비한 선물을 작은딸에게 먼저 보여주며 어떠냐고 물어보았다. 딸은 자신이 받은 것처럼 아주 흡족해 했다. 이번만큼은 아내 마음에 드는 선물을 고른 것 같아 나도 흐뭇했다.

지난 일요일 오후, 외출에서 돌아와 보니 아내 혼자 집을 지키고 있었다. 힘없이 텔레비전을 보고 있는 모습을 보는 순간 준비해둔 선물이 생각났다. 며칠 남지 않은 기념일까지 자동차 트렁크에 가지고 다니느니 아내의 기분도 전환시킬 겸 지금 주는 것이 좋을 것 같았다. 이번만큼은 딸에게 검증까지 받았으니 분명 마음에 들 것이라 생각했다. 제대로 된 선물을 골랐다며 좋아하는 아내의 모습을 보고 싶었다. 주차장으로 내려가 트렁크에 둔 선물꾸러미를 가져다 아내에게 내밀었다. 그런데 포장을 풀어본 아내는 이번에도 좋아하기는커녕 크기가 작다는 둥, 색깔이 마음에 들지 않는다는 둥, 심지어는 짝퉁이 아니냐는 말까지 했다. 백화점에서 운영하는 쇼핑몰에서 구입한 물건이 짝퉁이라니 할 말을 잃었다. 쓸 사람한테 물어보고 사면 좋지 않느냐, 어디서 구입을 했느냐, 공항 면세점에서 구입해야 값이 저렴하다는 둥, 한참 동안 지청구를 들어야 했다. 딸이라도 있었다면 내 편이라도 들어 주었으련만 주지 않은 것만도 못한 상황이 되어버렸다.

이리 보고 저리 봐도 내 눈에는 백화점에서 보았던 색깔과 크기가 비슷했다. 치른 값이 적었다면 쓰레기통에 처박아 버리든지 아니면 현관 밖으로 내던져 버리고 싶었다. 정히 마음에 들지 않는다면 딸에게 주고 다른 것으로 사주겠노라고 큰소리쳤다. 그 말을 들은 아내는 더욱 목소리를 돋웠다. 아내의 마음을 종잡을 수가 없었다. 몇 달을 준비한 나의 성의를 무시하고 죄인 다루듯 하는 아내가 섭섭했다. 결국 아내는 전화를 걸어 반품을 결정했다. 그리고는 돈으로 달라고 했다. 돈으로 주는 것은 선물이라기보다 용돈이란 생각이 든다. 한편으로는 돈으로 준다면 예전처럼 반값 정도 되는 물건을 구입하고 나머지는 생필품을 구입할 거란 생각이 들기도 했다. 깜짝 선물이고 뭐고 울화만 치밀었다. 앞으로는 꽃바구니 선물 이상은 절대로 하지 않겠다고 다짐했다.

기념일 날 서둘러 케이크를 사 들고 퇴근했다. 현관문을 열자 아내가 막내의 점유물인 컴퓨터 앞에서 열심히 인터넷 쇼핑을 하고 있었다. 반품을 했던 쇼핑몰에서 가방을 고르는 중이었다. 쇼핑 장바구니에 담아놓은 가방이 두 개나 되었다. 이왕 선물로 사줄 거면 여름, 겨울용으로 골라놓은 두 개 모두를 사달라고 했다. 아내의 행동에 웃음이 나왔다.

나는 아내의 취향을 아직도 모른다. 변해가고 있는 아내의 마음을 따라잡지 못하겠다. 옆집 아이의 옷을 입을 만하다며 아이들에게 입힐 만큼 검소했던 아내였다. 화려한 옷으로 치장을 하고 명품으로 멋을 내는 사람들과는 거리가 멀다고 생각했다. 하지만 아내 역시 명품을 좋아하고 남에게 자랑을 하고 싶어 하는 지극히 평범한 중년 아줌마였다.

앞서간 내 얼굴

운전면허증 적성검사 기간이 만료되어 재발급을 받기 위해 민원실을 찾았다. 입구부터 많은 사람들로 북적거렸고 안내원이 번호표를 대신 뽑아주며 가야 할 장소를 가르쳐 주었다. 필요한 신체검사를 마치고 작성한 서류를 창구에 제출했다. 서류에 붙인 사진을 본 여직원이 배경이 있는 사진은 사용할 수 없다며 다시 찍어오라고 했다. 근래 찍은 것 중에 가장 마음에 드는 사진을 증명사진 크기에 맞추어 오려 붙인 것이라 아쉽긴 했지만 어쩔 도리가 없었다. 신체검사 받는 곳 맞은편에 사진 찍는 곳이 있다며 장소를 안내했다. 검사를 받을 때 증명사진 오천 원이라고 붙여놓은 안내문을 본 터라, 가져온 사진을 공연히 트집 잡는 것처럼 느껴졌다. 웃는 모습으로 안내해주는 것이 고맙기보다 같은 식구끼리 한 건 올려주고 흡족해 하는 것처럼 보여 씁쓸했다.

동네 사진관보다 못할 거란 생각은 했지만 막상 문을 열고 들어가 보니 사진을 찍어주는 곳이라고 하기에는 너무 엉성해 보였다. 전철역이나 상가주변에서 볼 수 있는 셀카 찍는 곳과 비슷한 곳으로 조명은 형광등 불빛이 대신했고 카메라는 어디에 있는지 보이지도 않았다. 의자에 앉으라는 말과 함께 '찍습니다. 한 번 더' 하는 퉁명스런 말투가, 아까울 텐데 어떻게 한 번 더 찍어주기까지 하나 하는 생각이 들 정도였다. 인화되어 나올 사진에 대해 크게 기대하지는 않았지만 막상 인쇄되어 나온 내 모습을 보니 황당했다. 평소 거울 속에 비친 내 모습과 너무 달라 보였다. 마치 범죄자 리스트에 올라온 사진 같았다. 그뿐만이 아니었다. 엄청 늙어 보였다. 재발급 받은 면허증 사진을 한참 들여다 본 후 할 수 없지, 라고 입맛을 다셨지만 찜찜한 마음은 가시질 않았다. 준비해온 사진으로 해달라고 한 번 더 사정해볼 걸, 하는 아쉬움과 제대로 갖춘 동네 사진관에서 다시 사진을 찍어 재발급 받을까 하는 생각으로 머릿속이 잠시 복잡했다.

몇 해 전만 해도 잘 보이는 곳에 앨범을 두고 가끔 아이들과 함께 재롱잔치 때 모습이나 각종 기념 사진들을 펼쳐보며 즐거워했다. 요즈음은 앨범이 어디 처박혀 있는지 알 수가 없다. 지나간 사진을 보려면 앨범대신 컴퓨터를 뒤져야 한다. 디지털카메라가 나오면서 얼마 동안은 인화지 사진처럼 인쇄를 해두었지만 요즘은 그나마도 하지 않는다. 컴퓨터가 앨범을, 모니터가 인화지 사진을 대신하고 있다. 보고 싶을 때 저장된 사진을 쉽게 꺼내볼 수 있고 언제라도 인쇄할 수 있다는 생각 때문에 소중함을 느끼지 못한다. 예전에는 여행을 하면 남는 것은 사진이라며 다녀온 증거라도 보여주려는 듯이 많이 찍곤 했다. 돌아와서는 사진과 기념이 될 만한 입장표들을 한데 모아 앨범을 만들어 놓고 생각날 때마다 꺼내보기도 했다. 요즈음은 여행이나 기념이 될 만한 행사를 치르고 나면 인화지로 된 사진 대신 메일로 전송해준다. 대부분 보내온 사진을 받는 즉시 한 번 보고는 컴퓨터에 저장해버린다. 그런 후 특별한 경우가 아니면 다시 사진을 찾지 않는다.

가끔 다른 것을 지우다 실수로 저장된 사진을 함께 지워버리는 경우도 있다. 더욱 황당한 것은 컴퓨터 고장으로 복구가 불가능하여 모두 없어져버리는 경우다. 인화지처럼 손에 잡히지 않으니 애착을 가지거나 아쉬운 마음을 느끼지 못한다. 그렇게 나의 소중한 과거 모습들이 흔적도 없이 사라져버렸다. 디지털 사진이 편리하긴 하지만 빛바랜 사진처럼 소중함을 안겨주지는 못한다. 디지털카메라를 마련하고서부터 지금까지 변해가는 내 모습은 컴퓨터 어느 구석에 숨어 있거나 나도 모르게 지워졌을 것이다. 숨어 있다 해도 때와 장소를 제목으로 붙여놓지 않았으니 나이 들어가는 순서대로 찾아내기도 쉽지 않다.

자주 대하는 식구나 직장 동료들에게서는 나이 들어가는 모습을 느끼지 못한다. 하지만 오랜 만에 친구나 지인을 만나게 되면 헤어진 세월만큼 나이든 모습이 먼저 다가온다. 예전처럼 앨범을 들여다보며 조금씩 나이 들어가는 모습을 보아왔더라면 갑자기 늙어 보이는 사진 속 내 모습에 당황하지 않았을 것이다. 재발급 받은 면허증 사진을 몇 번이나 들여다보다가 이렇게 나이든 모습이 남들이 보는 내 모습이려니 생각하니 쓴웃음이 나왔다. 하지만 마음은 여전히 책상 위에 놓인 가족 사진 속의 젊은 내 모습에 머무르고 있었다. 7년 후 재발급 받을 때, 또 다시 놀라게 될 사진 속 내 모습은 어떨까. 그때도 마음만은 여전히 흐르는 물 위에 떠 있는 달처럼 젊은 날에 머물러 있을 것이다.

Part 5

군대 갔다 온 남자

겨울 준비로 화목을 하고 창문 틈으로 들이치는 매서운 겨울바람을 막기 위해 억새풀로 발을 만들고, 싸리비며 제설작업용 넉가래를 만들었다. 지금은 흐르는 세월과 함께 엷어지긴 했지만 그 골짜기에서 인내하는 법을 배웠고 가족에 대한 그리움이 어떤 것이라는 것을 배웠다. 다른 사람과 더불어 살아가는 방법을 배웠고 아무리 힘들어도 그 순간 또한 지나간다는 것을 배웠다.

개와 개새끼

요즈음 아내의 입이 몹시 거칠어졌다. '개새끼'라는 말을 너무나 쉽게 한다. 상황에 따라 심한 욕일 수도 있는 말을 아침에 눈을 뜨자마자 태연하게 내뱉는 아내가 놀랍기도 하고 한편으로는 아이들이 어떻게 받아들일지 염려스럽기도 하다.

평소 아내는 생각 없이 말을 함부로 하거나 상식 밖의 행동을 하는 사람이 아니다. 언젠가 몹시 화가 난 아내가 딸아이에게 '계집애'라는 말을 한 적이 있다. '계집애'는 여자아이를 얕잡아 부르는 말이라고 국어사전에 나와 있다. 사람에 따라 막말에 대한 기준의 차이가 다를 수 있으나, 나는 듣기가 거북하여 삼가달라고 부탁했었다. 그 후로 들은 기억이 없다.

"개새끼 짖는 소리에 잠을 못 자겠어!"

늦은 밤에 아랫집 개가 계속 짖어대자 아내가 신경질적으로 한 말이다. 처음 '개새끼'라는 말을 했을 때는 아내도 멋쩍어 하는 듯했다. 요즘은 전혀 그렇지 않다. 개 짖는 소리가 들려오면 '개새끼'가 자동으로 나온다. 어느 때는 '개새끼' 부분을 강조해서 말한다. 그리고는 '개새끼'를 '개새끼'라고 하지 '개어른'이라고 부르냐며 오히려 눈총을 준다. 한 번 입 밖으로 내뱉고 나면 다음부터 쉬워지는 것이 욕이나 막말인가 보다.

날씨가 따뜻해지면서 베란다 창문을 열어놓고 산다. 더위와 함께 찾아온 것이 밤낮으로 들려오는 개 짖는 소리다. 한 마리가 짖기 시작하면 여기저기서 덩달아 합창을 하듯 온 동네 개가 다 짖어댄다. 우리가 사는 아파트는 높기도 하거니와 사방이 막혀 있어서 더욱 시끄럽게 들린다. 사람 사는 곳에는 생활소음은 있을 수 있다. 어느 정도의 소음은 그러려니 하고 살아가는 편이다. 하지만 모처럼 조용히 쉬고 싶을 때나 늦은 밤의 개 짖는 소리는 여간 신경쓰이는 것이 아니다.

최근에는 강아지 우는 소리까지 보태졌다. 처음에는 어미젖을 막 뗀 강아지를 데려다 놓았나 생각했다. 시간이 갈수록 짖는 소리가 너무 크게 들렸다. 얼마 동안은 시끄럽기는 했지만 아픈가 싶어 안쓰럽게 생각했다. 하지만 두어 달이 지나도 짖는 소리가 변함이 없다. 요즘은 시끄럽다 못해 쇠 긁는 소리처럼 신경질적으로 들린다. 아내가 개나 강아지라고 하지 않고 '개새끼'라고 부르게 된 이유도 그 때문이다. 개가 짖지 못하도록 성대수술을 하는 경우도 있다고 한다. 혹시 수술을 잘못하여 저렇듯 이상한 소리를 내는 것은 아닌지.

요즘 층간 소음이 사회적인 문제로 다시 떠오르고 있다. 연립주택이나 아파트에 사는 사람은 비슷한 경험을 한두 번쯤 했을 것이다. 나 역시 신혼 초에 비슷한 경험을 했다. 막 젖을 뗀 강아지를 집으로 데려왔다. 상자에 담은 강아지를 베란다에 두고 하룻밤을 지냈다. 다음날 강아지는 본래 주인에게로 보내졌다. 아내가 강아지를 좋아하지 않는 탓도 있지만 밤새도록 낑낑거리는 통에 옆집 아주머니가 새벽 댓바람에 성을 내며 찾아왔기 때문이다.

도시로 이사하던 날의 기억도 생생하다. 아이들이 주방에서 베란다까지 서너 번 뛰었던가 보다. 그 일로 아랫집 할머니가 시끄럽다며 지팡이를 들고 찾아왔다. 그날 아내와 함께 할머니를 찾아가 잘못을 빌어야 했다. 그 후로 집에서는 까치발이 기본이었다. 아내는 아이들이 떠들 때마다 할머니가 올라온다는 말을 입에 달고 살았다. 그곳에서 이사한 지 오래되었지만 지금도 입버릇이 되어 거실에서 막내가 공을 만지거나 작은 소리라도 낼라치면 할머니가 올라온다고 겁을 주곤 한다.

그 동안 아이들을 키우는 처지라 웬만한 소음은 접어두고 살았다. 언젠가 위층에 사는 노인 분과 엘리베이터 안에서 잠시 이야기를 나눈 적이 있었다. 주말에 손자들이 와서 조금 시끄럽게 놀고 간다며 나에게 양해를 구했다. 당연히 그럴 수 있죠, 라고 대답했다.

하지만 놀다가는 것이 아니라 할아버지 살림을 모조리 부숴놓나 할 만큼 요란법석을 떨었다. 아내가 그 때문에 못마땅한 표정으로 식탁에 앉은 적이 한두 번이 아니었다. 그리고는 천정을 쳐다보며 예전에 우리가 겪었던 일들을 이야기를 했다. 그것은 '나는 아랫집 할머니가 되지 말아야지' 하는 다짐이었을 것이다.

확인해 보지는 않았지만 짐작하건대, 밤낮으로 깨갱거리며 개 짖는 소리가 나는 곳은 노부부가 사는 아랫집인 듯하다. 곁을 떠난 자식들 자리를 강아지가 대신하고 있는지도 모른다는 생각이 들었다. 주말에도 짖는 소리가 나는 것을 보면 윗집처럼 찾아오는 손자도 없는 모양이다. 위 아랫집이 참으로 대조적이다.

오늘도 이상기후로 불볕더위가 기승이다. 해질녘 활짝 열어 놓은 창 밖 어딘가에서 강아지들이 왈왈거리며 한바탕 난리를 친다. 아내는 요즘 공부 중이다. 그 때문인지 작은 소리에도 몹시 예민하게 군다. 참다 못한 아내가 문을 박차고 나오면서 소리친다.

"내참! 동네가 온통 개새끼 판이야!"

오리가 된 리오

삼십여 년 전 막내 동생이 초등학교에 다닐 때 일이다. 어느 날 하교 길에 병아리 세 마리를 사서 누런 종이 봉투에 담아 들고 왔다. 마당에 풀어놓자 제 세상 만난 듯이 사방으로 뿔뿔이 흩어져 돌아다녔다. 그 중 한 마리가 대문 쪽에 있는 개집을 향해 종종거리며 뛰어갔다. 개는 집안에서 낮잠을 자고 있는지 보이지 않았고, 우리는 다음에 무슨 일이 일어날지 짐작조차 하지 못했다.

병아리가 개 밥그릇에 막 다다랐을 때 집밖으로 뛰어나온 개가 송곳니를 세우고 으르렁거리며 병아리를 향해 달려들었다. 놀란 병아리는 주저앉는가 싶더니 튀어 오르는 밥통과 함께 공중제비를 했다. 다행히 개를 묶어놓았던 터라 더 이상 공격은 없었지만 놀란 병아리는 갑작스런 충격에 정신을 차리지 못했다.

지켜보고 있던 동생은 다급한 마음에 다시 병아리에게 달려드는 개를 사정없이 발로 걷어찼다. 제 집으로 쫓겨 들어간 개는 한 동안 앓는 소리를 하더니 이내 잠잠해졌다. 그 이후로 동생의 인기척만 나면 일찌감치 제 집으로 숨어버렸다. 동생은 달아난 병아리를 찾아내 부엌 벽과 담장 사이로 난 통로로 몰아넣었다. 개에게 혼쭐난 병아리는 다리를 다쳤는지 절름거렸다. 입구를 빨래판으로 막아 밖으로 나오지 못하게 하고는 그제야 안심이 되었는지 동생은 메고 있던 책가방을 마루에 내려놓았다.

빨래판으로 막아 놓은 통로 뒤끝은 장독대와 연결되어 있었다. 그곳에는 서너 개의 장독과 흙을 채워 토란을 심어 놓은 큼지막한 고무 물통이 있었다. 병아리 집을 청소해 토란에 거름을 주면 토란도 잘 자랄 것이라 생각했다. 하지만 언젠가 내가 사온 병아리가 며칠 지나지 않아 꾸벅거리며 졸다가 이내 죽어버린 기억이 떠올랐다. 염려했던 대로 빈 상자로 병아리 집을 만들어 새 집으로 입주시키려 할 즈음 구석진 곳에서 한 마리가 비실거리다 죽어버리고 말았다. 다행히도 나머지 두 마리는 그럭저럭 잘 자랐다.

제법 자랐을 무렵 한 마리가 보이지 않았다. 이곳저곳 찾아보았지만 녀석을 찾을 수가 없었다. 동생은 태연하게 지난 밤에 고양이가 물고 가는 것을 보았다고 했다. 식구들이 실망할까 봐 병아리가 사라진 지 일주일이나 지나도록 말을 하지 않았다는 것이다. 물고 간 시간이며 당시 정황을 너무 자세히 설명해 믿지 않을 수가 없었다. 그 후로는 저녁 늦게까지 동생이 장독대에서 보초를 서며 병아리를 보살피곤 했다. 용케도 살아남은 놈은 첫날 개에게 공격을 당한 놈이었다.

어느 날 동생은 병아리가 이상하다고 방으로 뛰어들며 말했다. 우리 식구는 모두 병아리가 있는 곳으로 갔다. 어머니는 병아리를 이리저리 살펴보시더니 병아리가 아니라 오리 새끼라고 하셨다. 그동안 노란 몸통만 보았을 뿐 물갈퀴며 넓적한 부리는 신경써서 보지 못했다. 오리 새끼는 자라면서 털이 하얀 백조처럼 변하기 시작했다. 마침 장독대와 가까운 마당 귀퉁이에 수도가 있고 벽돌로 쌓아 만든 작은 물통이 있어 오리가 놀기에는 안성맞춤이었다.

오리는 동생을 잘 따랐다. 동생이 집에 있으면 마치 개에게 복수라도 하려는 듯 개밥을 제 밥 먹듯 했다. 그럴 때마다 식식거리던 개는 동생에게 혼찌검이 나고는 제 집 구석으로 쫓겨 들어가 분을 삭이곤 했다. 그런가 하면 오리가 혼비백산을 하고 도망 다니는 날도 있다. 개줄이 풀린 날이다. 장독대는 오리의 영역이다. 장독대로 도망간 오리가 간장독 위에 올라서면 그야 말로 닭 좇던 개가 되어 쳐다만 볼 뿐이었다. 그 덕에 오리 배설물이 섞인 간장을 두 해나 먹어야 했다.

동생이 보이지 않으면 오리는 밖으로 나오지 않고 토란 잎 아래서 쪼그리고 앉아 꼼짝도 하지 않았다. 외출한 동생이 돌아오면 용케도 알고 소리를 지르며 대문을 향해 마중을 나왔다. 잔뜩 벼르고 있는 개를 피해 날갯짓을 하며 동생 곁으로 다가오는 오리의 모습은 의기양양했다. 제 생명의 은인이니 그 정도로 섬기는 것쯤이야 아무 일도 아닐 것이다. 이름도 지어주었다. 오리를 뒤집어 '리오'라고 불렀다. 가끔 오리가 보이지 않으면 장독대로 가 '리오야'라고 부르면 자리에서 일어나 눈을 마주치며 반갑다는 듯이 엉덩이를 좌우로 흔들었다. 놈은 주인을 알아보는 영리함이 있긴 하지만 하는 짓은 영 아니었다. 때와 장소를 가리지 않고 수시로 배설물을 쏟아냈다. 매일 청소를 하지 않으면 온 집안이 악취로 가득했다. 궂은 날씨에는 더욱 심각했다. 하루라도 목욕을 시키지 않으면 온 몸에서 심한 악취가 나서 피해 다녀야 할 정도였다.

동생의 보살핌 속에 백조처럼 받들어지던 오리는 그 해 늦가을 아는 이의 농장으로 보내졌다. 동생은 휴일이면 가끔 오리를 만나러 농장에 찾아갔다. 농장에 다녀온 날에는 리오가 자기를 알아보고 좇아왔다며 신이 나서 말했다. 어느 날은 식구를 늘렸는지 새끼들이 줄을 지어 함께 따라왔다며 신기해했다. 그러던 어느 날 리오가 아는 체를 하지 않는다며 실망한 표정으로 돌아왔다. 그 후로 농장을 찾는 일이 뜸해졌고 결국은 발길을 끊었다.

이제야 오리는 온전한 제 삶을 찾은 것일까. 어쩌면 고단한 삶이 시작된 것일지도 모른다. 그렇다 해도 새끼를 보살피며 친구들과 지내는 즐거움을 백조처럼 우아하게 살던 '리오'의 삶과 바꾸지는 않을 것이다. 지금도 물위에서 우아하게 헤엄치고 있는 하얀 오리를 보면 그때 생각이 나 옆에 누가 있든 오리의 지저분한 비밀을 폭로하곤 한다.

군대 갔다 온 남자

살고 있는 아파트가 지은 지 햇수로 9년이나 된다. 새로 지은 아파트에 입주한 후 7~8년 정도 살고 나면 전체적으로 수리를 하던가 아니면 다른 곳으로 이사를 해야 한다고 했다. 그 정도 살고 나면 생활기구들이 노후 되어서 하나둘 고장나기 시작하기 때문이라고 한다. 요즈음 우리 집에서 비슷한 일이 일어나고 있다. 주방에 있는 수도꼭지며 샤워기, 변기의 물 내리는 장치를 손본 지는 오래 되었다. 얼마 전에는 어두울 때 사람이 들어서면 자동으로 불이 켜지던 현관 등이 고장나서 계속 깜박거리기만 했다. 전구를 새 것으로 바꾸어도 소용이 없었다. 아파트 관리사무실로 문의했으나 하자보수 기간이 지나도 한참 지났기에 이제는 각 세대에서 수리하는 것이라 했다. 할 수 없이 가까운 전기 수리점을 찾아갔다.

군대에 간 후, 첫 휴가를 나왔을 때 형광등을 설치하는 아르바이트를 했다. 친구 어머니가 독서실 개업을 준비하고 있었다. 120개나 되는 책상에 전기 배선과 함께 형광등을 설치하고 스위치를 붙이는 작업이었다. 도와줄 친구를 찾았지만 모두들 군대에 가고 없었다. 일일이 드라이버로 나사못을 조이며 모든 일을 혼자 할 수밖에 없었다. 나의 가정사를 잘 알고 계시는 친구 어머니는 무자격자라는 것을 알면서도 나에게 그 일을 맡겼다. 일을 마치고 아르바이트 비용을 생각보다 많이 주셨다. 휴가를 마치고 부대로 돌아가면서 오리 부부 인형과 벽시계를 집에 사다 놓았다. 인형은 문갑 위에 놓고 벽시계는 문을 열면 바로 보이는 벽에 걸어 놓았다. 요즘은 오리 부부 인형을 보기가 쉽지 않다. 남편으로 보이는 오리는 고개를 쭉 뻗어 하늘을 올려다보고 있고 부인 오리는 땅을 보며 다소곳한 모습이다. 그 모습은 금슬 좋은 부부의 상징처럼 보였다.

당시 어머니는 병든 아버지 대신 고만고만한 세 명이나 되는 동생들을 학교에 보내며 힘들게 살아가고 있었다. 다행스럽게도 어머니의 정성으로 아버지의 병이 조금씩 호전되고 있었다. 내가 할 수 있는 것이라곤 문갑 위에 있는 오리 부부를 바라보면서 조만간 아버지가 완쾌될 것이라고 어머니께 말씀 드리는 것이 전부였다. 어머니는 군대서 세 끼를 꼬박꼬박 챙겨먹고 있는 나를 오히려 걱정했다. 벽시계는 부속이 녹슬어 고장이 났어도 아버지가 돌아가시기 전까지 벽에 걸려 있었다. 군 생활이 힘들 때마다 국방부 시계는 거꾸로 매달아 놓아도 돌아간다는 말로 위안을 삼았다. 장남인 내가 빨리 제대하기를 학수고대하고 있는 어머니에게 벽시계가 멈추지 않는 이상 나는 시간이 되면 집으로 돌아올 것이고 지금의 어려움을 훗날 뒤돌아보며 옛 얘기하듯 할 거라고 위로했다.

턱없이 비싼 출장비 때문에 자신도 없이 덜컥 전등을 통째로 사고 말았다. 오래 전 기억을 더듬어 조심스럽게 현관의 전등을 교체했다. 그 동안 전기와 관련된 일은 집에서 등을 교체하는 것이 전부였다. 천장을 바라보고 나사못을 조이는 작업이 힘들긴 했어도 다행히 전선을 연결하는 일은 어렵지 않았다. 이번에는 작은 방의 형광등이 고장났다. 지난 번처럼 전등을 교체해야 할 것 같다. 덩달아 샤워기에 연결된 수도꼭지에서도 낙수 소리의 간격이 더욱 좁아졌다. 수도꼭지를 교체하는 것은 적절한 공구가 필요하다. 전등을 고쳤으니 수도꼭지 정도는 당연히 고칠 수 있는 것으로 아내는 미루어 짐작하고 있다. 수도꼭지는 공구가 없어서 고칠 수가 없다고 차일피일 미루었다.

"군대 갔다 온 사람은 못 고치는 것이 없다며?"

느닷없이 아내가 한 말이다. 아내의 친구가 자신의 남편은 군대에 갔다 와서 못 고치는 것이 없다며, 아저씨 군대 안 갔다 왔냐고 물었다고 한다.

나는 강원도 첩첩 산중 철책선 앞에서 군대 생활을 했다. 오랜 시간이 지난 지금도 기억에 생생한 것은 모자라는 잠을 이겨내며 보초 서던 일과 겨우내 끝이 없는 제설 작업이다. 그곳은 봄인가 하면 여름이 오고 가을인가 하면 긴 겨울이 찾아왔다. 겨울 준비로 화목을 하고 창문 틈으로 들이치는 매서운 겨울바람을 막기 위해 억새풀로 발을 만들고, 싸리비며 제설작업용 넉가래를 만들었다. 지금은 흐르는 세월과 함께 옅어지긴 했지만 그 골짜기에서 인내하는 법을 배웠고 가족에 대한 그리움이 어떤 것이라는 것을 배웠다. 다른 사람과 더불어 살아가는 방법을 배웠고 아무리 힘들어도 그 순간 또한 지나간다는 것을 배웠다.

"작은방 전등 고쳤나요?"

아내가 물었다. 곧바로 대답했다.

"저 군대 갔다 온 남잡니다."

설렘을 주는 수필

인터넷 카페에 〈로마의 휴일〉이라는 영화 제목으로 글 한 편이 올라 왔다. 부탁하건데 〈로마의 휴일〉을 보지 않은 수필가는 수필에 대해 말하지 않았으면 좋겠다, 라는 문구가 밑줄을 쳐놓은 듯 뚜렷했다.

비디오가 보편화되기 전까지 영화를 본 기억이 손에 꼽을 정도다. 학창시절 단체 관람으로 보았던 반공 영화의 포스터나 내용이 기억 속에 가물거린다. 주머니 사정이 여의치 않아 따로 영화 구경을 가는 것은 돈 많은 친구들이 즐겨 찾는 사치 정도로 생각했다.

하고 싶은 말을 눈빛만으로도 충분하게 한다는 미모의 여배우보다 영화를 보지 않고서는 수필에 대해 말하지 않았으면, 하는 문구가 영화에 대한 궁금증을 더하게 했다.

얼마 전, 통신사에서 운영하는 TV 영화관에서 지나간 멜로드라마를 본 적이 있다. 혹시나 하는 마음으로 그곳을 검색해 보았다. 뜻밖에도 〈로마의 휴일〉이라는 제목이 있었다. 배우 이름을 확인해보니 다행히 같은 배우였다. 로마라는 도시에 매력을 느껴 배낭여행으로 유럽을 다녀온 딸아이가 기대에 찬 모습으로 옆자리에 앉았다. 내가 본 영화 중 가장 오래 전에 상영된 것이 TV 명화극장에서 본 〈닥터 지바고〉가 아닌가 싶다. 오래 되었다고는 하나 영상은 컬러였다. 그러나 〈로마의 휴일〉은 전혀 예상하지 못한 흑백 영화였다. 함께 보려던 딸아이가 실망했는지 슬그머니 자리를 떠나버렸다.

공주가 궁을 몰래 빠져 나와 술에 취한 사람처럼 길거리에서 노숙하려 하고 그 앞에 남자 주인공이 나타날 때까지 스토리에 집중이 되지 않았다. 만취한 사람처럼 정신을 못 차리고 있는 공주를 두고 남자 주인공이 택시기사와 실랑이하는 것 또한 요금을 미리 받아놓고 아무 곳에서나 내려주는 못된 기사양반쯤으로 그려졌다.

"가장 편안한 잠에 빠져 있는 그레고리 팩의 침대에서처럼, 긴 머리를 싹둑 자르는 공주의 단호함처럼, 헤엄쳐 나온 로마의 강가에서 강렬하지만 뭔가 부족한 입맞춤처럼, 기자회견장에서 공사를 구분하지 못하는 그레고리 팩, 둘만이 아는 혼동과도 같은 수필을 쓰고 싶다. 그녀의 눈빛처럼 맑고 깊으며, 그윽하고 애절한 수필 말이다. 끝내 관객의 상상을 무너뜨리고 알면서도 속아야 하는 그런 수필이면 더욱 좋겠다."

영화 내용을 수필로 비유하여 쓴 마무리 문장은 어느 한 부분을 뺄 수도 더할 수도 없는 완벽한 표현이었다. 하지만 정작 영화를 볼 때는 기대에 못 미치는 영상 탓인지, 줄거리를 알고 본 탓인지 이루어질 수 없는 사랑, 주제 파악을 못하는 남자 미용사, 평범한 사람조차 이기지 못하는 경호원, 여전히 이용 가능성이 있는 몰래 찍은 사진 등 수필에서 비유한 영화의 아름다운 장면보다는 그와 상반된 모습들이 내겐 더 크게 다가왔다.

진실의 입 속에 손을 집어넣고 물린 듯 끙끙대는 남자 주인공을 두고 화들짝 놀라 함께 손을 빼주려고 애쓰는 여자 주인공의 모습은 내 마음을 설레게 했다. 장난을 친 것을 알고 난 후에 안도감과 투정이 섞인 그녀의 연기는 극치였다. 그 같은 생각을 하면서도 트집을 잡듯 삐딱하게 보게 된 것은 발전 없이 제자리걸음을 하고 있는 나의 수필에 대한 불만이거나 명 수필의 잣대에 대한 반감일지도 모른다. 똑같은 영화를 보고 비슷한 생각을 하지 못하는 자괴감 때문인지 영화를 보지 않고서는 수필에 대해 말하지 않았으면, 하는 문구가 여전히 머릿속에서 떠나지 않았다.

종종 아내를 따라 영화를 보러 가곤 한다. 최근에 본 영화가 멜로의 흥행기록을 새로 썼다는 〈건축학개론〉이다. 언젠가 〈친구〉라는 영화를 볼 때였다. 대화 중에 욕하는 장면이 여러 번 나와 아내 보기가 민망했다. 아내도 같은 마음인지 수준이 낮은 영화라며 표 나게 구시렁댔다. 그 후로 주로 멜로만을 골라본다. 비록 아내는 수준이 낮다고 평가했지만 〈친구〉는 많은 사람들이 공감한 영화다. 크게 감동받지 못하고 감상한 〈로마의 휴일〉도 수십 년이 지난 요즘, 찾는 사람이 있다는 것은 보는 이에 따라 감동과 가치관이 다르고 평가 기준이 다르기 때문이리라. 수필 또한 크게 다르지 않을 것이다.

언제부턴가 좋은 수필은 나름대로 감동을 주는 글, 읽고 난 후에 여운을 주는 글이면 충분하다고 생각해버리는 경향이 생겼다. 그 때문인지 내가 쓴 수필은 발전하지 못하고 있다. 사건이나 사물을 보고 느낌이나 감정을 쓴 글이 아닌 지나온 과거를 나열하는 식이니 그야말로 일기 수준에서 벗어나지 못하고 있다. 수필을 쓰겠다고 마음먹었을 때, 긴 시간이 필요할 거라 생각했지만 한편으로는 시작이 반이다, 라는 마음가짐으로 위안을 삼기도 했다. 하지만 지루한 싸움을 왜 시작했는지 가끔은 후회를 한다. 그러면서도 반드시 수필다운 수필을 쓰고 말겠다는 마음만은 버리지 못하고 있다.

〈로마의 휴일〉처럼 그윽하고 애절한 수필, 알면서도 속아야 하는 그런 명 수필은 아니더라도 멜로드라마에서 첫사랑을 만나러 가는 설렘 같은 것이 있는 그런 수필 한 편쯤 써보고 싶다.

무자식 상팔자

모레면 장모님 생신이다. 해마다 생신 전 일요일에 장모님이 살고 있는 큰처남 집에 모여 함께 식사를 한다. 장모님 생신을 기억하는 것은 칭찬 받는 사위나 남편이 되고 싶어서가 아니라 이틀 후가 바로 내 생일이기 때문이다. 생신이 다가오면 아내가 말을 꺼내기 전에 생일상 받으러 가는 날이 다가온다고 농담처럼 말을 건넨다. 아내는 내 생일도 챙겨달라는 속뜻을 간파하고는 입을 삐죽거린다.

딸이 많은 처갓집이라 찬찬한 딸들이 준비를 잘하니 별도로 챙길 것은 없다. 나는 처남들과 처형들이 공들여 차려놓은 장모님 생일상에서 맛있게 먹으면 그만이다.

팔십 중반을 넘긴 장모님은 손위동서들에겐 이 서방 왔는가, 서 서방 가는가 하고 하대를 하면서도 유독 막내 사위인 나에게만은 아직도 존댓말을 쓴다. 처음 처갓집에 인사를 드리러 갔을 때 장남이라고 심하게 반대를 했던 처형들 편에 섰던 분이다. 그래서인지 나를 볼 때마다 미안해하는 기색이다. 장모님의 나에 대한 존대는 주위에서 만류해도 소용이 없다. 처음에는 듣는 나도, 옆에서 지켜보는 사람들도 어쩔 줄 몰라 했다. 결혼하여 큰아이가 고등학생이 되도록 그렇게 지내온 세월이 길다보니 지금은 모두들 그러려니 한다.

장모님은 존댓말을 사용할 정도로 불편한 막내 사위집을 드나들며 큰애부터 늦둥이 막내까지 셋이나 놀이방에 다닐 나이가 되도록 돌봐주셨다. 친구도 없는 낯선 동네에 세 번씩이나 긴 원정을 오셨다. 짝을 찾을 때까지 잘 키워주었으면 그만인데 다 키워 시집을 보내고도 아이를 낳거나, 큰일을 치를 때마다 찾아 다녔다. 그뿐만이 아니다. 아이들을 돌보는 것도 힘들 텐데 아침저녁으로 밥이며 빨래를 하고 맞벌이 부부인 우리가 직장에 가고 없는 시간에 집안 청소까지 도맡아 하셨다.

빨래는 세탁기가 하고 청소는 청소기로 하는데 뭐 그리 힘드냐고, 해보지 않은 사람은 쉽게 말할 수도 있다. 주말에 방과 거실바닥을 한 번 닦고 나면 남자인 나도 이마에 땀방울이 맺힌다. 그런 일을 장모님은 매일이다시피 했다. 집안일이란 자질구레한 일을 반복해서 하는 일이라, 끝도 없고 표시도 잘 나지 않는다. 모를 리 없는 아내는 엄마니까 당연히 해줄 수 있다고 전혀 미안해하는 마음이 없는 것 같다. 가끔은 투정에 가까운 응석을 부리기까지 한다.

큰처남 집에 있으면 주위에 친구도 많고 며느리가 해주는 따뜻한 밥을 먹으며 편히 지낼 수 있을 터인데 자식을 위한 부모 마음은 끝이 없다고 딸이 부르는 소리에 싫은 내색 한 번 하지 않고 세 번씩이나 오셨다. 말씀이야 당신이 하고 싶어서라고 하지만 가만히 계셔도 힘드실 연세에 딸을 아씨마님 모시듯 했다.

나는 가끔 아내를 마님이라고 부른다. 그 뜻을 아는 아내는 장모님이 계실 때는 가자미눈을 하고 쳐다보기만 했다. 장모님이 큰처남 집으로 돌아가시고 없는 요즘은 돌쇠라는 말로 맞장구를 친다.

며칠 전에 처가 쪽 잔치가 있어 잠시 들렀다. 그곳에서 처남댁과 함께 오신 장모님을 본 아내가 '우리 엄마도 이젠 꼬부랑 할머니가 다 됐네!'라며 기어들어가는 소리로 말했다. 아내는 돌아오는 길에 바람 빠진 풍선처럼 축 늘어진 어깨로 말없이 창밖만 내다보았다. 한 해가 다르게 주름이 늘어 가고 야위어 초라해 보이기까지 한 장모님을 볼 때면 가끔 아이들과 함께 돋보기를 들고 동화책을 읽어주시던 모습이 떠오른다. 아이들이 없는 방에 혼자 계실 때에도 방문을 열고 보면 아이들 책을 읽고 계셨다. 큰딸이 틈만 나면 책을 보는 것은 장모님 영향을 받아서가 아닌가 싶다.

'무자식 상팔자'라는 말이 있다. 내 집에는 늦둥이 막내까지 애 셋이다. 짝을 찾을 때까지 먹이고 입히고 가르치는 것보다 아내가 훗날 장모님처럼 자식들에게 불려 다니지나 않을까 그것이 염려스럽다. 그 생각에 당신도 이다음에 장모님처럼 애 봐주러 다녀야겠네,

라고 말하면 자기는 절대 애는 못 본다며 단호하게 말한다. 하긴 자식이 셋이라 둘씩만 낳아도 여섯이나 되니 단호하게 거절할 만도 하다. 하지만 모든 일을 항상 아이들 우선으로 하는 아내가 지금 그 마음을 끝까지 가져갈 수 있을지 지켜볼 일이다.

말을 알아듣는 차

신호를 받고 막 출발하려는데 승용차가 움직이지 않았다. 시동이 꺼진 것도 아니고, 어떻게든 움직여 보려고 갖은 방법을 다 써보았지만 비웃기라도 하듯 엔진 소리만 요란했다. 비상등을 켜고 밖으로 나와 뒤따라온 차량을 향해 고장임을 알렸다. 큰 구경거리라도 난 것처럼 지나가는 차량마다 한 번씩 쳐다봤다. 견인차가 도착하기까지 길지 않은 시간이었지만 심적으로 불편했기 때문인지 한나절은 족히 걸린 것 같았다.

얼마 전부터 장거리 운행을 하고 나면 가끔 내려간 클러치가 반쯤 올라오다 말곤 했다. 그럴 때마다 잠시 시동을 껐다가 다시 출발하면 언제 그랬냐는 듯이 멀쩡했다. 하지만 코앞에 다가온 여름휴가 길이 문제였다. 도중에 고장이라도 나면 어찌할 것인가, 생각조차 하기 싫은 상황이 떠올라 단골로 다니는 정비센터에 들러 증상을 말하고 수리를 요청했다. 직원은 동력전달 장치가 노후되어 교체해야 한다는 말과 함께 수리 시간이 많이 걸릴 거라며 끝나는 대로 연락을 주겠다고 했다.

사무실로 돌아와 자리에 앉기가 무섭게 정비센터에서 전화가 왔다. 애초 수리해야 할 부분 이외에 부동액과 배터리도 교환해야 하고 두어 군데 고쳐야 할 곳이 더 있다며 알지 못하는 부품 이름을 댔다. 알아서 고쳐달라고 하긴 했지만 언젠가 뉴스에서 들은 것처럼 비용을 올려볼 요량으로 수리할 부분을 늘리려 그러는 것은 아닌지 의심이 갔다. 단골손님을 위한 배려로 사전점검을 해준 것이라 좋게 생각하려고 해도 꺼림칙한 생각은 가시지 않았다.

요즘 들어 정비센터를 찾는 일이 잦아졌다. 세상에 나온 지, 10년하고도 두 해나 지났으니 고장이 날 만도 하다. 사람 나이로 치면 오십은 족히 넘지 않았나 싶다. 나도 오십이 넘으면서 책을 볼 때면 돋보기가 필요하고 오래 걷거나 하면 무릎이 시큰거렸다. 처음에는 애지중지하는 마음으로 엔진오일도 정해놓은 시기에 교체하고, 조금이라도 이상이 있다 싶으면 득달같이 정비센터에 찾아갔다. 요즘은 어지간한 상처나 웬만한 소음은 들려도 그런가 보다 하고 넘어간다. 자동으로 접히고 펴지는 백미러가 한 쪽이 고장 난 지 오래되었지만 고치기는커녕 손으로 밀거나 당기며 타고 다닌다. 바퀴를 바꿀 때도 값이 제일 싼 것으로 택하고, 세차도 주유소에서 기름을 넣고 덤으로 한다. 차를 보면 주인의 부와 성격을 짐작할 수 있다고 한다. 나 자신을 스스로 초라하고 볼품없는 모습으로 만들고 있는 것은 아닌지 마음이 편치 않다.

지저분한 곳에 쓰레기가 유독 많이 쌓인다고 했던가, 긁힌 자국이 너무 많아서 그런지 내 차를 찌그러뜨리고는 연락처도 남기지 않고 달아나버리는 이도 있다. 범인을 잡아보려고 주차장 감시 카메라를 되돌려 보았지만 허사였다. 어쩌면 오래 전에 일어난 일을 이제야 알게 되었는지도 모른다. 긁힌 자국도 많고 깊게 패인 곳은 녹까지 슬어서 부분 도색이라도 할까 하고 정비센터를 찾아가 보았다. 앞뒤를 살피던 직원은 전체 도색을 권했다. 비용이 얼마나 드느냐고 물었더니 팔 경우 받을 수 있는 중고차 가격보다 더 많이 달라고 했다. 그것도 불법으로 하는 곳에서 하는 가격이라며 많이 생각해주는 것처럼 말했다. 배보다 배꼽이 더 크다는 속담은 이를 두고 하는 말인가 싶었다. 일주일이나 걸린다는 말에 오래 걸려서 안 되겠다고 핑계를 대고 도망치듯 빠져나왔다.

분명 지난 번에 같은 증상으로 수리를 했고 덤으로 두어 가지 손을 더 보기까지 했는데, 이번에는 아예 도로에 주저앉아 버렸다. 도대체 뭘 고쳤다는 건지, 수리했던 정비센터로 전화를 걸어 언성을 높여 자초지종을 말했다. 달려온 직원이 도착해 차를 끌고 가면서 오래된 차라 어쩔 수 없다며 미안한 표정도 없이 오히려 귀찮다는 듯 투덜거렸다. 울화가 치밀었지만 차를 도로에 세워놓을 수도 없는 노릇이라 참을 수밖에 없었다. 수리하는데 시간이 많이 걸린다고 하긴 했지만 퇴근 시간이 한참 지나도 연락이 오지 않았다. 고장이 나도 크게 난 모양이라 생각하며 전화를 걸어보았다. 아가씨가 힘없는 목소리로 차가 다 됐어요, 라고 했다. 지난 번에 수리를 했는데 또 고장이 났으니 더 이상 고칠 수가 없다는 소린가, 오래된 자동차라 그럴 수도 있겠다 싶었지만 내 차보다 훨씬 오래 된 차도 길거리에 많이 굴러다니고, 주차장에만 가보아도 낡고 오래된 차들이 많은데, 지난 번에 도대체 뭘 고치고 돈을 받은 것인지, 기술이 없어 못 고치면 솔직히 그렇다고 할 것이지, 생각할수록 화가 치밀었다.

다른 정비센터로 가봐야 하나, 아내가 한 해만 더 타야 한다고 했는데 당장 차를 바꿔야 한다면 어떤 표정을 지을까? 출퇴근은 버스를 타고 어떻게 해서든 다닌다지만 당장 돌아오는 일요일에 약속한 곳은 짐이 많아 버스를 타고 갈 수도 없는데, 매주 월요일 저녁에 하는 공부는 뭘 타고 가나 하는 난감함이 꼬리에 꼬리를 물었다. 나는 홧김에 직원에게 따지듯이 물었다. 아니 그럼 폐차하라는 겁니까? 따지듯 목소리를 높이자 아가씨는 다급한 목소리로 그게 아니라 차 수리가 다 되었다고요, 라고 했다. 안도의 한숨과 함께 전화를 해주지 않은 잘못을 따지기보다 천만다행이라는 생각이 먼저 들었다.

며칠 전, 아내를 태우고 시장에 가면서 새 차로 바꿔야겠다고 말한 적이 있다. 자동차도 제게 서운한 말을 하면 알아듣는지, 멀쩡하던 차가 이내 쉰 소리를 냈다. 아무래도 빠른 시일 안에 전체 도색이라도 해야 할까 보다.

곧 지나가리라

막내 녀석이 내가 벗어놓은 저고리에 코를 들이대고 강아지처럼 킁킁거렸다. 이상히 여긴 아내가 묻자, 아들은 아빠 냄새를 맡는 중이라고 했다. 그 말을 듣는 순간 코끝이 시큰해지면서 며칠 전에 보았던 영상이 떠올랐다.

막내가 태어나기 전, 외환위기의 긴 터널을 힘들게 빠져나올 무렵이었다. 그 위기를 지나면서 풍비박산난 한 가정의 모습을 담은 다큐멘터리였다.

내일 모레면 육십 나이에 접어들 주인공도 외환위기를 비켜가지 못했다. 부도가 나자 식구들은 뿔뿔이 흩어졌으며 그는 노숙자가 되었다. 그에게는 마흔 중반을 넘어 낳은 늦둥이 아들이 있었다. 그 아들도 고아 신세가 되어 보육원에서 생활하고 있었다. 노숙자가 된 늙은 아버지는 늦둥이가 생각나면 길거리에서 구걸하여 모은 돈을 챙겨 보육원으로 찾아가곤 했다. 아무 것도 모르는 아들은 예전에 엄마 그리고 누나들과 함께 살았던 그 집으로 돌아가자고 보챘다. 그럴 때마다 늙은 아버지는 먼 하늘을 바라보며 아픈 가슴을 쓸어 내렸다. 헤어질 때면, 아들은 아버지 냄새를 오랫동안 기억하려는 듯 바짓가랑이를 붙잡고는 강아지처럼 빙빙 돌며 킁킁거렸다. 아들을 두고 무거운 발걸음을 옮겨야 하는 늙은 아버지와 아버지의 냄새만을 간직한 채 멀어져 가는 아버지를 바라보고 있는 아들의 모습을 차마 끝까지 볼 수가 없었다.

그 무렵에 우연히 나는, 어려운 환경에 처한 아이들을 돕는 후원자들 중의 한 사람이 되었다. 십시일반으로 여러 사람이 조금씩 일정 금액을 보태는 방식의 후원이었다. 내가 돕기로 한 그 아이도 보육원 대문 앞에서 늙은 아버지를 바라보던 사내아이처럼, 외환위기로 가족들이 흩어져 그곳에서 생활한다고 했다. 보육원에서는 계속 관심을 가져달라는 뜻으로 내게 아이의 사진을 보내왔다. 딸만 둘 가진 아버지로 그 아이가 내 아들이었으면 하는 바람을 잠시 가져보기도 했다.

그 아이는 축구를 무척 좋아한다고 했다. 막내가 태어나기 전, 학교 운동장을 지나며 축구를 좋아한다는 그 아이 생각에 “아들이 있는 사람은 참 좋겠다. 아들과 함께 축구도 할 수 있고”라고 아내에게 말을 했었다. 지금은 그 말이 빌미가 되어 허구한 날 술 마시고 들어오면서 언제 아들하고 축구를 할 것이냐는 아내의 빈정거림을 받곤 한다. 내 나이 마흔이 넘어, 늦둥이 막내를 우리 곁에 보내준 것이 그 아이가 아닐까 하는 엉뚱한 생각을 해보았다. 막내도 그 아이처럼 축구를 좋아한다. 공을 차며 노는 막내를 볼 때면 그 아이에게 축구공 하나 사주지 못한 것이 끝내 마음에 걸린다.

며칠 전 일이다. 막내는 다니던 보습학원을 그만두고 방과 후에, 학교의 원어민 강사가 가르치는 영어를 배우기로 했다 한다. 막내 의견보다는 지출을 한 푼이라도 줄여보겠다는 아내의 일방적인 결정이라는 걸 나는 알았다. 점심시간에 짬을 내어 그 동안 후불로 내던 학원비를 납부하려고 학원을 찾아갔다. 그날 원장 선생님은 그만두려는 원생을 잡으려는 말 대신 요즘 많이 힘드시죠? 라는 말로 나를 위로했다. 학원을 그만두고도 두 주나 지난 뒤에 학원비를 납부해서인지, 형편이 상당히 어려운 걸로 생각했던 모양이다. 학원장은 외환위기에 버금가는 어려움으로 많은 아이들이 학원을 그만두고 있다며 오히려 나를 위로해주었다. 지금의 어려움은 외환위기에 겪었던 고통의 터널보다 곱절이나 긴 터널이 될 것이라고 전문가들은 말하고 있다.

솔로몬과 보석 세공인의 일화가 생각난다. 어느 날 왕이 보석 세공인을 불러 "나를 위해 반지 하나를 만들되, 거기에 내가 큰 승리를 거둬 기쁨을 억제하지 못할 때 감정을 조절할 수 있고, 동시에 내가 심한 절망에 빠져 있을 때는 다시 내게 기운을 북돋워줄 수 있는 글귀를 새겨라"라고 명령을 내렸다. 보석 세공인은 반지는 만들었으나 아무리 생각해도 적당한 글귀가 떠오르지 않아 지혜의 왕인 솔로몬을 찾아가서 도움을 청했다. 그러자 솔로몬은 곧바로 대답했다. "이것 역시 곧 지나가리라!"

지금의 어려운 고통도 곧 지나갈 것이다. 어느 잡지 칼럼 내용 중에, 우리에게 진정 필요한 것은 힘들고 고통스럽다고 한숨을 쉬는 것이 아니라 봄에 씨앗을 뿌리고 여름에 굵은 땀방울을 흘리며 풍성한 가을을 준비해야 하는 것이라는 구절이 있다. 그러지 않는다면 더 없이 혹독한 겨울 추위가 기다리고 있을 뿐이라고 쓰여 있었다. 겨울은 아직 멀리 있지만, 지금의 어렵고 힘든 순간을 옛 이야기하듯 뒤돌아볼 그날을 위해 우리는 다가올 매서운 겨울 준비를 단단히 해야만 한다.

다시금 지난 외환 위기처럼 힘든 사회가 되었다. 더 늦기 전에 보육원 대문 앞에서, 밖을 기웃거리며 나를 기다리고 있을지도 모를 아이를 찾아가봐야겠다. 혹시 그 아이도 축구를 좋아한다고 하면 아이의 가슴에 축구공을 꼭 안겨줄 생각이다.

악마의 눈

터키 여행을 떠난 친구가 귀국을 며칠 앞두고 메일을 보내왔다. 여행 기념으로 선물을 하고 싶은데 특별히 갖고 싶은 것이 있냐고 물었다. 여행을 떠날 때 배웅을 한 적도 없고 그 어떤 도움도 준 적이 없는데 선물을 하겠다니 겸연쩍으면서도 어떤 것이 좋을까 궁리했다.

나는 터키라는 나라에 대해 아는 것이 별로 없다. 2002년 월드컵 축구경기에서 우리나라와 준결승을 치른 나라, 우리나라를 '형제의 나라'라고 부르는 나라, 해협을 경계로 동서양이 만나는 나라라는 정도가 내가 아는 전부다. 잘 알지 못하는 만큼 마땅히 떠오르는 기념품이 없다. 궁리 끝에 '그 선물을 받게 되면 터키 여행을 꼭 하게 만드는 것을 사다 달라'고 답장을 보냈다. 하지만 큰 기대는 하지 않았다.

여행을 하면서 선물을 준비한다는 것이 쉬운 일은 아니다. 지인들은 모른 척하기도 쉽지 않고, 선물을 고른다 해도 종류나 가격 등 여간 신경 쓰이는 것이 아니다. 그 동안 나는 방문한 나라를 잘 나타내는 볼펜이나 열쇠고리 등 간단한 소품을 선물하거나 받아왔다. 받은 선물은 많으나 어느 정도 시간이 지나면 서랍 속에서 굴러다니기 일쑤였다. 주는 사람의 성의를 무시했다기보다는 소장 가치를 느끼지 못했기 때문이다. 진열장에 두고 감상할 정도의 물건은 비용 부담이 크다. 작은 것이라도 준비하는 사람은 여러 사람의 것을 구입해야 하므로 구입 비용이 만만치 않다.

친구가 준 선물은 '악마의 눈'이라고 불리는 탁구공만한 크기의 자석 단추다. 비닐봉투에 담긴 '악마의 눈'을 처음 본 순간, 초등학교 때 과학실에서 본 안구 표본이 떠올라 섬뜩했다. '악마의 눈'은 생소한 이름이었고 외국 영화 제목처럼 들렸다. 짓궂은 친구가 즉석에서 떠오르는 대로 지어낸 이름은 아닌가 하는 생각조차 들었다. 왜 하필 '악마'라는 이름을 붙이는지, 내심 언짢았지만 내색할 수는 없었다. 도대체 어디에 쓰는 물건인지 용도조차 몰랐다. 서너 번 앞뒤로 뒤집어보고 난 후에야, 둥근 단추 모양인 악마의 눈은 메모지를 벽 같은 곳에 고정시킬 때 사용하는 것으로 뒤쪽에 자석을 붙여놓았다는 것을 알았다. 혹시 친구가 공항에 도착한 후에야 선물이 떠올라 궁여지책으로 마련한 것은 아닐까 하는 생각이 들 만큼 내게는 특별할 것도 없고 생소한 물건일 뿐이다.

오래 전 경험이 떠올랐다. 여행지 제주에서 고스톱으로 선물 살 돈을 몽땅 잃고, 공항에 도착한 다음에야 일행에게 돈을 빌려 여행지와 연관이 있는 열쇠고리를 공항 매점에서 준비했던 일이다.

평범한 물건이라 해도 여행지에서 가져온 것은 의미가 다르다. 큰딸이 유럽에 배낭여행을 다녀오면서 기념으로 가져온 것을 진열장에 펼쳐 놓았다. 유명 화가들의 그림을 사진으로 찍어서 넣은 액자들이다. 나무로 된 액자 색상이 무지개 색깔이라는 것뿐, 내 눈에는 그저 평범해 보인다. 하지만 딸아이 눈에는 액자 속에 자신만의 긴 여정이 숨어 있고 낯선 곳에서 느꼈던 설렘이 남아 있을 것이다. 아내 역시 들통에 곰국을 끓여놓고 가끔 여행을 떠나면 그때마다 기념이 될 만한 물건을 챙겨온다. 대다수 물건들이 손바닥만 한 크기를 벗어나지 못한다. 크기는 작지만 여러 기념품을 한 곳에 아기자기하게 진열해 놓았다.

악마의 눈은 테두리가 파란 색이며 그 안에 사람의 동공처럼 하얀 바탕에 검은 점이 있어 서양 사람의 파란 눈을 연상케 했다. 왜 악마의 눈이라 불리는지 궁금하여 인터넷 검색을 해보았다. '알라의 눈' 또는 '아테케 여신의 눈동자'라고 부르기도 한단다. 귀걸이, 목걸이 등 액세서리는 물론, 자동차나 가게 입구, 방 등 터키에서는 어디에서든 악마의 눈을 볼 수 있다고 한다. 악마의 눈이 잡귀나 나쁜 액운들로부터 자신을 보호해준다며 건물 밖에도 하나씩 부적처럼 붙여놓기도 한단다.

책상에 앉자마자 악마의 눈을 쪽지 자석들이 붙어 있는 칸막이에 붙여본다. 원래 자기 자리인 양 보기 좋게 달라붙었다. 자꾸만 그 쪽으로 눈길이 간다. 커다란 눈동자를 깜박이며 나를 지켜보는 듯하다. 나를 바라보는 악마의 눈 속에 동서양이 만난다는 보스포러스 해협의 푸른 물결이 일렁인다. 아름다운 이스탄불의 밤거리가 붉게 타 들어가고 있다. 야경이 환상적이라는 이스탄불 항구 도시가 나를 부른다. 나는 어느덧 그 거리 어딘가를 어슬렁거리고 있다.

풀리지 않는 의문, 포리원

여행을 좋아하는 아내를 따라 막내와 함께 괌 행 비행기에 올랐다. 예년에 비해 공항 대합실은 여행객들로 북새통이었다. 출국 절차의 지루함은 세월이 가도 변함없다.

웅성거리는 소리와 함께 비행기가 곧 착륙할 거라는 기내 방송이 들려왔다. 괌 국제공항은 예전에 우리나라 비행기가 착륙 도중 야산에 충돌하여 대형 참사가 일어난 곳이다. 착륙 때 바퀴가 지면에 닿는 순간 들리는 소음에 오금이 저려오는 듯했다. 새벽 4시께 도착했다. 관리요원들은 졸린 눈으로 애써 웃으며 맞이해주었다. 대합실이 비스터미널처럼 작아 검소해 보였다. 비행거리 못지않게 긴 입국 절차를 받는 시간은 사람을 지치게 만들었다. 어른들도 참기 힘든 지루한 시간을 처음 겪는 초등 2학년인 막내 녀석은 용케도 잘 참아냈다.

모든 절차를 마치고 대합실 출입문을 밀치고 나오자 사우나 문을 열고 들어갈 때처럼 뜨거운 바람이 얼굴에 와 닿았다. 여름 날씨라는 것을 실감하며 대기 중인 차에 올라 예약해 놓은 호텔로 향했다. 숙소를 향해 가는 내내 대형 참사가 일어난 산을 찾으려고 주위를 두리번거렸다. 바라보는 방향이 달라서인지 호텔 건물보다 높은 산은 보이지 않았고 언덕처럼 보이는 야산이 고작이었다. 어떻게 그 같은 대형 참사가 일어났는지 좀처럼 상황이 그려지지 않았다. 당시 뉴스 시간에 보았던 참사 현장이 흐릿하게 떠오를 뿐이었다.

숙소에 여장을 풀고 커튼을 열어젖히자 아침의 푸른 바다가 내려다 보였다. 에메랄드 빛 바다는 마치 달력 속 풍경을 보는 듯했다. 스케줄에 따라 시내 관광을 했다. 정부청사 뒤, 조그만 광장에서 대포 그리고 스페인 총독 부인이 손님들에게 차를 대접했다고 하는 초콜릿하우스를 둘러보았다. 깎아지른 듯한 절벽을 보며 스페인령 당시 원주민과의 애틋한 사랑 이야기를 듣는 것으로 차를 타고 이동하는 여행은 끝이 났다. 그들을 기리기 위해 매달아 놓은 종을 가리키며 사랑하는 사람과 함께 종을 치면 사랑이 지속된다고 가이드가 설명했다. 여행객들 모두 그곳에서 기념 사진을 찍었고 카메라를 든 막내 앞에서 아내와 함께 종을 치는 포즈를 취했다.

나머지 시간은 줄곧 자유 시간이었고 호텔 내 수영장에서 노는 것이 전부였다. 인공 파도로 재미를 더한 수영장에서 막내는 땅 짚고 헤엄치는 연습을 하느라 몹시도 바쁜 시간을 보냈다. 산호섬으로 가는 바닷길은 수심이 얕아 카누를 타고 갔다 오는 재미가 쏠쏠했다. 놀이공원에 가면 언제나 지루하게 긴 줄을 서야 하고 놀이시설은 이용료를 지불해야 하나, 그곳은 이용료 없이 사용할 수 있어 주머니 걱정은 하지 않아도 되니 즐거움을 더해 주었다.

마지막 날, 저녁식사를 마치고 짬을 내어 아이쇼핑을 하기 위해 면세점에 갔다. 주변은 명동거리처럼 번화한 곳이었고 숙소로 돌아갈 때 버스를 타고 갈 요량으로 여유 있게 구석구석 돌아다니며 구경했다. 지루해졌다는 막내의 말에 정류장으로 향했다. 그곳에서 안내원에게 가야 할 곳을 말하고 일러주는 대로 버스를 기다렸다. 한참을 기다려도 버스는 오지 않았다. 지루하게 생각한 아내가 얼마나 기다려야 하는지 물어보라고 했다. 어쩔 수 없이 서툰 영어로 기다려야 할 시간을 물어보았다. 안내원은 영어로 길게 대답했다. 워터를 '워러'라고 말하는 원어민 발음을 제대로 듣기나 했는지, 들리는 발음 중에 시간과 관련되는 숫자는 '포리원'(41)이라는 단어뿐이었다. 타야 할 버스 번호는 숙소에서 익히 들어 알고 있었다. 요금도 표를 구입하기 위해 지불한 금액이라 알고 있었다. 남은 것은 기다리는 시간뿐이었다. 잘 알아들은 것처럼 고개를 끄떡거리며 두 손으로 제스처까지 취했다. 그리고는 지체 없이 41분에 버스가 올 거라고 말해주었다.

아내는 그 말을 듣고, 이제 막 영어를 배우기 시작한 막내에게 너도 알아들었니? 라고 말했고 막내는 아무 말도 하지 않았다. 아내는 너도 열심히 영어 공부를 해서 아빠처럼 위기 상황이 오면 잘 극복해야 한다며 훈계조로 말했다. 그 말이 끝나자마자 버스 한 대가 정류장으로 들어왔다. 41분이 되려면 아직도 멀었다. 버스 번호도 2번, 도착 시간도 23분, 버스 요금도 5달러, 무엇 하나 41과 맞아떨어지는 숫자가 없었다. 당연히 우리와는 관계없는 버스라 생각했다.

잠시 후, 버스가 떠나려고 움찔거렸다. 그때 길 건너편에 나타난 안내원이 우리를 향해 타라는 손짓을 했다. 그때서야 우리는 허겁지겁 버스에 올라탔다. 뒤따라 오르던 아내가 좌석에 앉자마자 당신이 그러면 그렇지, 도대체 뭘 들은 거야, 하고는 예전에 가져간 영어학원비까지 들먹거리며 핀잔을 늘어놓았다. 그 말을 들은 막내가 아빠도 영어 공부해야 되겠네, 라며 거들었다.

포리원의 에피소드는 막내와 함께한 추억으로 즐거운 여행 못지않게 오랫동안 기억에 남을 것이다. 요즘 막내는 조만간 또 가자는 엄마의 말을 듣고 영어 듣기 공부에 한창이다. 얼마나 지속될지 알 수 없으나 막내에게 영어공부를 해야 하는 동기는 확실히 부여한 셈이다.

해설

꾸미지 않아도 심금을 울리는 진실한 글들

이혜연/ 수필가, (사) 수필문학진흥회 부회장

가끔, 텅 빈 모니터 화면을 마주하고 있으면 아득해지곤 한다. 아니, 요즘 들어 매번 그렇다고 해야겠다. 작심을 하고 자판 위에 손을 얹어보지만 깜박이고 있는 커서를 밀어낼 단 한 글자도 두드리지 못한 채 빈 화면만 바라보고 있기가 일쑤다. 그럴 때면 빈 화면은 천 길 낭떠러지처럼 아찔해 보이기도 하고, 닥치는 대로 집어삼키고도 시치미 뚝 떼는 음험한 공동처럼 공포감을 주기도 한다.

'왜, 무엇 때문에, 언제부터 이런 현상이 일어나게 된 것일까?'

어떤 해답도 얻지 못하고 전전긍긍하고 있을 때, 글 한 뭉치가 내게 안겨졌다. 일기에 불과하다는, 겸손한 작가의 말을 으레 하는 인사치레쯤으로 들으며 글을 읽기 시작했다.

글은 소박했다. 소재도, 주제도, 문장도. 그런데 나는 읽기를 멈출 수가 없었다. 어쩌면 식상하다고도 할 수 있을 이야깃거리들인데 글은 나를 빨아들였다. 뭘까 이 흡인력은?

> 내려오는 길에 계속 들려오는 산새 울음소리가 발길을 멈추게 했다. 소리 나는 쪽을 살펴보았다. 저만치 하얀 찔레꽃이 가득 핀 넝쿨 속에서 산새가 폴짝거리고 있었다. 무너져 내린 흙 담 밑에 쌓다 만 참나무와 오솔길 건너 찔레꽃 넝쿨 사이를 두 마리 산새가 연신 오갔다.
>
> ……
>
> 어쩌면 오래 전에 사별한 장인과 장모가 못 다한 정을 나누고 있을지도 모른다는 생각이 들었다. 서둘러 자리를 피했다.
>
> ……
>
> 온화하게 보이는 하얀 꽃송이가 생전의 장모 모습과 겹쳐 그윽한 향기를 뿜으며 한참을 따라왔다.
>
> —「찔레꽃 향기」

그 찔레꽃 향기가 내 코끝을 스쳤다. 그리고 깨달았다. 아! 이 작가는 가슴으로 글을 쓰는구나. 나는 글을 머리로 쓰려하고 있구나.

장모의 49재날, 성묘를 마치고 내려오는 길에서 만난 찔레꽃 넝쿨과 산새 두 마리. 이승에서, 저승에서 떨어져 오랜 세월을 보낸 두 분이 비로소 만나 회포를 풀고 있을 모습을 폴짝거리며 서로를 희롱하고 있는 두 마리 산새에 비유해 상상해보며 슬픔을 삭이는 따뜻한 마음. 대상에 대한 애틋함이, 진정성이 찔레꽃 향기만큼이나 그윽하게 전해왔다.

원고지를 대하던 나의 초심을 상기해 보았다. 가슴에 차고 또 차올라 마침내 풀어낼 수밖에 없었던 말들. 글이란 그런 것이었다. 아니, 그런 것이어야 한다.

이현재 작가의 글들은 내게 그 초심을 일깨워주었다. 그는 가슴속에 차곡차곡 쌓아 놓은 사연들을, 추억들을, 생각들을 조근조근 풀어낸다. 더함도 덜함도 없이 꼭 하고 싶은 만큼만을, 꼭 해야 할 만큼만을 덤덤하게 이야기한다. 그 덤덤함이 독자를 끌어들이는 힘이다.

수필의 덕목 중의 하나가 진솔함이다. 하지만 진솔한 글이라 해서 다 수필이 되는 것이 아니다. 같은 '무엇'이라도 어떻게 이야기하느냐에 따라 공감과 감동의 폭이 달라진다. 하지만 그 '어떻게'에 지나치게 집착하다보면 자칫 기교라는 함정에 빠지기 쉽다. 말장난에 그칠 수 있다는 얘기다.

천재는 1%의 영감과 99%의 노력으로 이루어진다는 말이 있다. 그 말은 역으로 그 1%의 영감이 없다면 99%의 노력도 허사라는 이야기가 될 수 있다. 글도 그렇다. 1%의 문학적 자질이 없다면 99%의 노력을 보태도 독자를 감동시키는, 좋은 글은 나오기 힘들다. 이 작가에게는 그 1%가 있다. 바로 섬세한 감수성이다.

어려운 환경 속에서 성장했음에도, 그리고 각박한 도시 소시민의 삶을 이어가고 있음에도 그의 내면에는 순수함과 감성이 살아 있다. 그 감성은 궁핍했던 삶 속에서도 아름다움을 찾아낸다.

유년 시절 나는 밤이면 부엉이가 울어대던 산 밑 작은 마을에 살았다. 싸리 대문을 지키고 있는 감나무 밭에서 멀리 신작로를 바라보면 마을을 가로지른 개울이 보였다. 은색의 달빛이 비추던 어느 날, 친척집 잔치에 갔다가 아버지 손을 잡고 집으로 돌아오는 길이었다. 달빛 속에 펼쳐진 마을은 온통 은빛이었고 개울은 은가루를 뿌려놓은 듯 반짝거렸다.

……

보금자리를 마련한 후, 큰아이를 품은 아내와 맞은 첫 대보름날이었다. 보름달을 가장 먼저 보는 사람이 달을 품을 수 있다는 어른들의 말을 귀동냥한 우리는 동네에서 가장 높은 곳을 찾았다. 몇 안 되는 연립주택 중에 우리가 살고 있는 곳이 가장 높은 곳이었다. 옥상에서 손발이 오그라드는 추위 속에 떠오르는 달을 기다렸다. 얼마 후, 기다리던 보름달이 산봉우리 위로 둥실 떠올랐다. 도도하면서도 숙연해 보였다. 우리는 그 달빛을 소중하게 가슴에 담았다.

—「도시의 달」

화려한 불빛에 유린되어 초라해진 도시의 달빛을 보면서 그는 가슴속에 소중하게 간직해두었던 달빛을 끌어내어 본다. 어린 시절 멱을 감은 후 업어 개울을 건네주던 아버지의 따뜻한 등을 기억하고(「아버지와 아들」), 어느 겨울날 산골마을에 있는 외가를 찾아가는 길에서 얼어붙은 개울을 밟았을 때 발밑에서 들려오던 얼음 부서지던 소리를 (「겨울 여행」), 동생의 손을 잡고 토끼풀을 뜯으러 갔다가 만난 천둥 번개와 소나기를 (「남매지」) 가슴에 품는다. 그 감성은 삭막한 도시인으로서의 삶에 윤활유가 되는 한편 그의 글들의 근간을 이룬다.

그의 글에 심심치 않게 등장하는 것이 여성이다.「개나리꽃 필 때면」「기억 속으로 걸어온 그녀」「복수의 재구성」「깻잎을 닮은 그녀」 등이 그것이다. 그 글들을 읽으면서 나는 알퐁스 도데의「별」을 떠올렸다. 주인집 아가씨 스테파네트를 바라보던 목동과도 같은 순수함에 나도 모르게 미소를 지었다.

> 그 후로 그 집에 갈 때면 언제나 조심스럽게 "신문이요!"라는 말과 함께 신문을 대문 앞에 놓고 나왔다. 어쩌다 그녀가 화단에서 화초에 물을 주거나 손질을 하다 나와 마주치면 신문을 직접 달라고 했다. 그럴 때면 짧은 시간이지만 가슴이 쿵쾅거리고 얼굴이 화끈거렸다. 뒤돌아 나오는 발걸음은 날아갈 듯이 가벼웠고 우중충했던 골목길도 환했다.
>
> ―「개나리꽃 필 때면」

「기억 속으로 걸어온 그녀」에서 그는 담배를 피우는 '그녀'를 위해 한 개비 남은 담배를 피우지 않고 간직했다가 주는가 하면, 숨어 피우는 그녀를 위해 옥상에 올라가 망을 봐주기까지 한다.

여성에 대한 복수도 해맑기만 하다. 하찮은 잘못 때문에 반 친구들 앞에서 체벌로 모멸감을 안겨준 여선생님. 복수를 결심한다. 하지만 어느 날 마주친 그녀의 환한 미소와 향기가 계속 그를 따라다닌다. 그가 선택한 복수는 그녀가 가르치는 과목인 수학에 최고 점

수 올리기다(「복수의 재구성」).

작가는 자신의 글을 일기 수준에 불과하다며 민망해 한다. 그만큼 그의 글 속에는 가족에 대한 사랑과 가정을 지키려 안간힘을 쓰는 가장의 모습이 많이 담겨 있다. 세상 모든 가장들이 그렇다고 볼 수 있겠지만 그의 안간힘이 각별하게 느껴지는 것은 어쩌면 그것이 자신의 불우했던 성장기를 아이들에게 대물림하지 않으려는 몸부림에서 비롯된 것일지도 모른다는 생각이 들어서이다.

> 가끔 호주머니에 동전이 있으면 몰래 막내를 불러 용돈을 더 준다. 그걸 우연히 아내가 보게 되면 막내가 쓸모없는 딱지나 사다 나른다며 주지 말라고 야단을 한다. 아내는 막내를 끔찍이 생각하는 고슴도치 엄마다. 막내가 옆에서 그 말을 듣고, 엄마의 마음을 잘 헤아려 줄 것을 안다. 설령 용돈을 주지 말라는 아내의 말이 진심이라 해도 나는 계속 줄 생각이다. 능력이 있을 때 마음껏 주려고 한다. 막내가 용돈을 받고 좋아하는 모습을 보면 덩달아 기분이 좋아진다. 지금 막내에게 용돈 주는 일은 나의 작은 행복 중 하나이다.
>
> —「작은 행복」

두 딸과 늦둥이 아들, 그 중에도 특히 「늦여름 호박꽃」 같은 어린 아들에 대한 애틋함과 안쓰러움은 퇴직에 대한 불안으로 이어진다. IMF 사태며 경제 불황으로 명예퇴직이라는 회오리바람을 맞으면서 불안감은 글 곳곳에서 여러 모습으로 나타난다. 철없는 아들아이의 안경을 닦아주는 마음으로 (「아들의 안경」), 명예퇴직을 한 동료가 남기고 간 탁상 달력으로(「주인 잃은 탁상 달력」).

> 아침에 일어나면 출근하기 전에 막내아들 방에 들른다. 걷어찬 이불을 끌어다 덮어주고 머리맡에 벗어놓은 안경을 집어 안경알을 말끔히 닦아주곤 한다. 녀석이 벗어놓은 안경은 늘 안개가 낀 것처럼 뿌옇다.
>
> ……
>
> 오늘도 막내의 안경알은 뿌옇다. 명예퇴직을 할 것인지 말 것인지, 어떤 선택이 정답인지 나는 물론 누구도 알지 못한다. 확실한 건 나의 선택이 막내의 뿌연 안경알을 마음 놓고 닦아줄 수 있는 것을 최우선으로 할 것이라는 사실이다.
>
> ―「아들의 안경」

그는 안다. 그 불안이 머지않아 현실로 다가올 것임을. 정상을 향해 올라가는 길 못지않게 내려오는 길 또한 어려움이 많을 것임을. 아니, 오히려 더 힘들 것임을. 그리고 지팡이는 올라갈 때보다 내려올 때 더 필요한 존재임을 깨닫는다.

나는 그에게 있어 그 지팡이가 수필이 될 것이라 짐작한다. 명수필까지는 못 되더라도 '첫사랑을 만나러 가는 설렘 같은 것이 있는 수필 한 편'쯤은 꼭 써보고 싶다는 그의 간절한 바람을 보았기 때문이다. 아니 꼭 그리 되리라 믿는다. 글을 대하는 순정純正함과 진실함, 그리고 내면에 흐르고 있는 따뜻한 정서가 그를 뒷받침해 줄 것이다.

신언불미信言不美. 믿음직한 말은 꾸미지 않는다는 뜻이다. 진실한 글 또한 꾸미지 않아도 마음을 울린다. 그의 글들이 그렇다. 첫 수필집 『도시의 달』을 상재하고 나면 그는 아마도 과거의 기억으로부터, 불안한 현실로부터 훨씬 자유로워질 것이다. 그리고 타고난 감성과 묘사력, 소재 포착 능력을 바탕으로 더 다양하고 깊이가 있는 글들을 쏟아낼 것이다.

도시의 달

지은이_ 이현재
펴낸이_ 조현석
펴낸곳_ 북인
디자인_ 푸른영토

1판 1쇄_ 2015년 3월 15일

출판등록번호_ 313 - 2004 - 000111
주소_ 121 - 842 서울 마포구 서교동 467 - 4, 301호
전화_ 02 - 323 - 7767
팩스_ 02 - 323 - 7845

ISBN 978 - 89 - 97150 - 79 - 3 03810

책값은 뒤표지에 있습니다.
저자와의 협의 아래 인지를 생략합니다.